U0455645

静默似真

潘小龙 著

YSP 北京燕山出版社

图书在版编目（CIP）数据

静默似真 / 潘小龙著 . -- 北京 : 北京燕山出版社，2018.6

ISBN 978-7-5402-5392-9

Ⅰ . ①静… Ⅱ . ①潘… Ⅲ . ①诗集－中国－当代Ⅳ . ① I227

中国版本图书馆 CIP 数据核（2019）第 109058 号

静默似真

JING MO SI ZHEN

作　　者：潘小龙
责任编辑：朱　菁　姜栋栋
责任校对：甄　飞
封面设计：中诗协文化传媒
社　　址：北京市丰台区东铁营苇子坑路 138 号（100079）
网　　站：http://www.bjyspress.com/
微　　博：http://e.weibo.com/u/2526206071
电　　话：010-65240430
传　　真：010-63587071
印　　刷：廊坊市博林印务有限公司
开　　本：700mm × 1000mm　1/16
字　　数：198 千字
印　　张：15.5
版　　次：2019 年 7 月第 1 版
印　　次：2019 年 7 月第 1 次印刷
定　　价：60.00 元
出版发行：北京燕山出版社

目录

卷一

古体诗

卷二

现代诗歌

卷三

只言碎语

卷一
古体诗

空　门

自恃入空门，对佛心不诚。
误为置世外，本是在红尘。

感悟：闻说可以遁入空门，不惹浮尘，而谁又真的能做到?

飘　零

瘦影染孤灯，无关夜冷清。
一际飘零意，天涯浮沉心。

感悟：心安天涯，却有一生牵挂。

烛　火

新月初入窗，残烛已无光。
挑芯落碧泪，寸情恨又长。

感悟：习惯了隐藏，习惯了伪装，习惯了遗忘，甚至失去了悲伤，只是难在每一个清醒晚上。

断　弦

魅影倚西窗，东风夜窃香。
余音轻入耳，断弦惹愁肠。

感悟：真爱融化在这里，只为感受你每一次的呼吸，是我的一颗赤心没有选择的余地。

待　君

近水桃花开，止步待君来。
锁眉寒细风，落瓣又徘徊。

感悟：岁月的额头，因风而皱。盼的每一个念头，因你而就。心无止休，唯有十指紧扣，是我与你的邂逅。此生心灵的归途，落下最美的温柔。

思　念

对眼互视谁知晓，相隔无距亦飘渺。
我情依依言渐少，默待此时一水遥。

感悟：如果我的爱在你这落不了脚，原谅我将一生飘渺。就这样步步走近你，走向自己，走向心里，在这个彼此最好的年纪，浪漫地铭下我们最美的记忆。

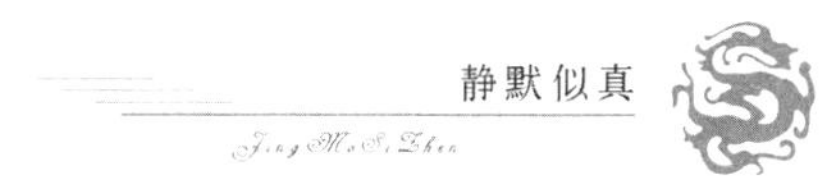

漫　步

未添寒衣雾轻浓，晓桥踱步脸微红。
玉指轻弹露凝发，纤姿柔舞隐流踪。

感悟：染净了风霜，看淡了沧桑，置身于凋零的荒凉，心依稀会滚烫。

泛　影

苍茫云水间，轻舟泛微影。
细看更有色，不似都市景！

感悟：向来人群熙攘，只是习惯一个人的游荡，今晚水中浮出月亮，它也弯得倔强，宛若这颗心的断肠。

玉　姿

魅姿若扶柳，玉泪洒汀洲。
幽君未得舟，频添一缕愁。

感悟：落入你的眼眸！别有一种温柔！

窥　美

粉唇桃面只暗窥，扶风玉姿半陶醉。
借闻帘内轻柔语，鹊桥易得怨君归。

感悟：只怕红了你的眼眶，湿了我的心房，我却不能这样。

桃花映

轻步桃花里，搔首眼迷离。
魅舞影何在？河畔小楼西。

感悟：只有爱冷断了情！只你若故人！而视如此身！

度　事

俱言风云多混沌，哪晓日月几分明。
莫畏生平坎坷事，不愧男儿正直魂。

感悟：并非所有的皓首穷经都可抒写人生，而是在现实里维持着的自尊，与坚守不变的善良内心，赋予足够的经纶。

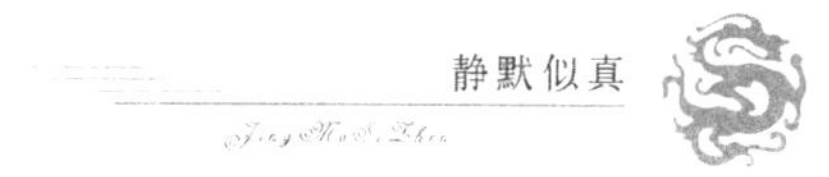

醉中客

金杯玉盏映明月，轻歌曼舞庆佳节。
小楼独堪忆故别，唯余寸情几行写。

感悟：存在就是体谅，咽下眼前的百般模样，哪怕宛若断肠，也要自恃坚强。

芳 顾

凡指浅弹秋过门， 玉姿纤柔更无伦。
千古绝情只一人， 风前傲骨了浮尘！

感悟：没有遇见的因为，没有结果的所以，却一直等着你。

雪 钓

姜公夜引风，醉坐寒雪中。
提竿不为鱼，空无了心胸。

感悟：风未泊，箫声默，夜钩一滴火。

敛　眉

轻歌舞袖起，入目柳叶低。
默问何如此？不知身所依！

感悟：一看你的眉目眼神，我就知道我陷得很深。

半　生

半生孤单中，伸手直擒风。
胡侃晓日月，杯酒晃碧空。

感悟：美不在色泽，而在破蛹之后是不是蝴蝶。

闲　乐

闲来无事做，对纸乱弄墨。
莫怪情义浅，挑灯自作乐。

感悟：文之所及，情之所至，文之所用，理之所明。

秋　步

弦丝吟奏月含羞，却步沾风香盈袖。
从此无心折杨柳，一生只许花与酒！

春 影

春风扬波美绿洲，玉面桃花两清秀。
对歌何来有佳客？莫教孤影吊桥头。

梦 姿

含羞玉貌金嗓开，翩跹娇舞画中来。
良辰美景不嫌短？哪堪梦里空自在！

秋 意

凉风波又起，叶落秋来袭。
无以复君曲，夜深入梦里。

雾 露

烟雾缭绕近人家，水墨尽染应无涯。
谁捋柔丝凭阑寄？不觉轻寒露凝华。

泛舟

人立轻舟上，残影碧波中。
相看犹可怜，陶情又春风。

闹作

历尽人生事，小侃尘间云。
轻摆戏中角，不染忧虑魂。

感悟：遵从现实本身，且活得自尊，凭内心强大的支撑，无悔人生，透明几分？一切请你权衡。

娇病

昨夜未眠乍凄凉，透骨寒风润酥膀。
更衣系带还无力？娇病渐增恨心慌。

感悟：微微眉皱，尽情消瘦。

舍得

摊手虚为实，握拳掌中空。
若能置所得，唯有心放松。

感悟：自来看穿，何用心酸？知晓之上，再作所为。

眸　影

西湖却步未提时，清风解语花亦知。
美眸映水染碧影，一片柔情为谁痴？

感悟：爱若不行，情如浮萍。凑不到完整，算不得清醒。婉然的言行，假如不问泪断今生。而为透白的注定，我承认！

剑　影

浅隐草丛中，执剑暂聆风。
淡酒身又远，一笑舞长空。

感悟：如若是两条路？熟悉中走向生疏是一个人的孤独，另一个人的成熟。

风　姿

孤影染碧月，十指沾寒霜。
轻步绝飘然，举止世无双！

感悟：寻遍每一个市，流落每一个角，从不依靠。

窃眼

西湖断桥旁，玉步又彷徨。
偷眼来去客，恰逢有情郎。

感悟： 我刚在脑中浮现。你已悄悄在眼前。这就是爱兑现行动的诺言。

舞笛

玉姿动临水，柔影舞相对。
微风引来客，轻笛马上催。

感悟： 我最有姿态的一点伤，就是我凋零后给你的一缕香。

浮程

风雨了无尘，披心曳前程。
笔墨惊日月，行迹诧鬼神！

感悟： 家落何方，憧憬情扬，身之所藏，美之所向，不染名利场。

探　春

探首赏春景，共识有几人？
自命孤独者，恰巧又逢君。

感悟：你这么聪明，应该配得上更好的人，而我此生风尘，注定爱已封存，只你若故人。

故　心

临君天涯尽，相语已归途。
别家心未远，夜长梦无数。

感悟：既无指望，除却我想，现实伪装，自在考量，以心至上。

所　依

斑斓彩秀起，俏眉入画里。
问君何所依？不知身东西！

感悟：故事没离场，只因为你、我向往。

空　忧

多见痴客穷搔头，自道情长易添愁。
难防善变挖墙者，人去心空颤悠悠。

感悟：携手的事，有人是一阵子，有人是一辈子，我听从心的驱使。

识面人生

挑眉弄眼假陶情，金钱作怪属风尘。
莫信雨泪夺眶出，爱憎须明解此生。

感悟：泪点很低，只在一个人的夜里，没人感触比我深，白天的戏却演得那么认真。因懂这是实在的人生，明明白白的心。

直言务实

纵然慧毛三百根，不比美女嗜钱深。
尽须敛钱千万贯，娶妻度日方为真。

感悟：有的人住的房子四面透着风，还裸着身，为一点破事，你我就较着真。嘿！有点头晕，不懂得人生奢侈的始终是我们。

寒　夜

旧景满院百花残，枝零夜冷莫凭栏。
几缕白霜鬓边染，引枕浅卧梦里寒。

感悟：难过不算难过，快乐不算快乐，平淡自在的生活，除却你眼里的我，偶尔凸显的落寞，最真实了。

夜　饮

朱门罗雀音又停，宏志未酬抚玉琴。
魅姿柔影钟吾意，对饮夜歌弄真情。

感悟：我不想说话。哪怕赢了你的我，却更失落。平添了一个人的难过，而我算什么？只为内心喜悦值得执着。奈何偏偏因我来点破！

落　花

花入水中波苍茫，切莫回首风噙香。
占尽全景不为美，羞却日月宛断肠。

感悟：落一缕香，是花的惆怅；含一点伤，是你的淡忘；我的遥想，思念疯长。

倩　影

远睹身形近观色，却叫伊人更自得。
又添断桥花前影，实难移步心不舍。

感悟：找一个人不是难过，是快乐。我不点破，怕冷了的相约，刺痛了你，伤到了我。而轻微的落寞，不必闪躲，定能开出淡然美丽的花朵，因为你遇到的是我。

远　思

君远为君思，冷暖只自知。
今晨一小梦，夕醒无话时。

感悟：生活就是要玩笑，他开得起，怕的是你输不起。

慕才亭

慕才亭下掩玉魂，修指柔舞夜抚琴。
几人真闻风韵事，却负身后千古名。

感悟：你中有我，热闹中的寂寞，孤独中的灵火，且暂不能相约。渐近的难过，怕失去长久的快乐，只忍着，忍者神龟！

寄 思

临近百里外，焦灼世间事。
闲来少几句，顾此两怅然。
向日未相忘，感君时时怀。
偶非风中客，奈何不由身？
夜寒睹腊梅，宵冷话青竹。
借饮三杯酒，酬赏一曲琴。
欣载千份意，畅受万缕情。
会逢月又圆，切莫徒作伤。

感悟：你的眼惊落了雨，是我把你想起。

飘 摇

君若飘飘，吾亦潇潇。
泪如雨丝君莫笑，引酒半杯吾为嘲。
临近隔远无故事，花自开落谁知晓？
笙歌半舞对断桥，痴步蹙眉少缘由。
聚散离合月在梢，孤心锁爱任飘摇。

感悟：我用一缕笑，隐去朝朝暮暮。

秋　饮

举杯百情消，一饮江湖远。
同在明月下，何以惹轻寒？
若君不投心，哪来共此刻？
莫辞半盅酒，去时已难留。
秋风况知意，痴痴抖身衣。
今时佯无觉，怎为久长时？
玉指且抚琴，金口鸣清笛。
相邀歌数曲，乐中自逍遥。

感悟：是自私？是无知？是实在的见识。只做可能的事。谁都有不能说开的情思，只剩我下半生最孤单的影子，唯独真心不可明示。

月下杯影

远瞰云间月，近览杯中影。
深知月难得，浅拨水下映。
水舞影模糊，唯我伤残缺。
凝眉欲长叹，仰首见其形。
酣然酌此杯，徒忘脸边痕。
凡尘多如此，圆缺还停歇。
勿怪步彷徨，痴情长流淌。
且知莫含笑，待君细思量。

感悟：不作为的眼睛看的是轻生，刺痛的始终是人心，而我早已不当真，决然冷看情分，而此爱动容至深。

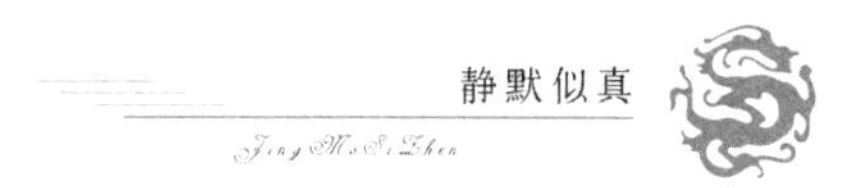

远　帆

来浪知起风，孤帆又要东。
西辞逍遥客，更在无影中。

感悟：而我难过，谁又能劝慰我呢？只是活着。

烛　影

烛芯未挑月转廊，残光窈影此情长。
亦风亦雨亦如霜，门前花落泪两行。

感悟：烟消雨散，风轻云淡，生死无关，而眼里的羁绊，不过释手的为难。注定身体与灵魂不是融合的两半？顾一次相望的靠岸，是载月的劲帆驶向闪亮的星海，此去不返。

夜　思

旧景含伤日渐长，一丝幽风半点凉。
寸思未过几分想，夜冷尽落梦中央。

感悟：谁也插手不了我的痴迷，向来自己都不可以，搁放心里的允许，唯独决定于你。见的那一刻起，起伏波澜，颠覆孤舟于舍却生死的绝对里。

别 后

两去不待讯，朝夕化尘雨。
最疑相思局，醉醒终为虚。

感悟：透破一切的因果，我再不是我，最沉默，最冷漠，最难过，也最快乐，只手把握，不负承诺。哪怕在孤零的角落亦可开出美丽动人的花朵。流星下的相约，我会淡然静静地讲着，闪亮你心里飘远的爱情灯火，此刻务必把我忘了，这个人不是我。

伪 善

同为花心人，何必假装纯。
狼狈聚一窝，哪有真性情？

感悟：有人含着泪，你却转首予人玫瑰，注定是易零的花蕾，绽开的是心里的罪，其实它并不美。

轻 柔

真心本未知，只影作相思。
柔情轻几许？自在离开时。

感悟：其实人生我并不急，只是愿作溪流而不息。

自　嘲

观前顾后总不知，却问君心何所思。
哪得如此郎当句？寒窗十年无人识。

感悟：你所做的，是我错的，就该清淡些，你要我看遍一切的炎凉。又要知晓所有的冷热，如果是这样，我愿扶携你一生，而你不必当真。

夜　花

三更花未红，冷目使酒浓。
佳人恨不得，孑然长亭中。

感悟：落一缕香，是花的惆怅，含一点伤，是你的淡忘，我的遥想，思念疯长。

纷　扰

纷纭事不清，切莫乱真心。
意为情坚定，远看细可分。

感悟：借故走路，从来不会长久。

雷峰塔

千古寺塔罩灵蛇，冲冠一怒遭劲水。
如今已随故事去，不教徒悲白添泪。

感悟：切莫误读了自我，心有角落，才会美地好生活。

秋　雨

昨夜梦何处？朝夕魂若离。
枕寒聆秋雨，湿入心坎里。

感悟：不慌不忙，透穿一座座人墙，直达你的心房。

骤　雨

瞬息来劲风，红尘迷乱中。
玉面湿寒雨，远方雷惊空。

感悟：若不促使优秀，定会落入流俗，这才是人海里的孤独。于奋斗的你永无止休，不可领悟的夜昼。回首无悔，愿你我再白头，最为凝注的是透彻的深眸。

秋　意

凉风波又起，叶落秋来袭。
无以复君曲，夜深入梦里。

感悟：当幸福许在悄悄里，对着这样的也许，会是怎样的你？淡然翻飞的思绪，是意外特别的自己。

候

遥候夜已深，空留几许真。
缄默静无声，徒亮若干灯。

感悟：你的空间谁来允许？定要他点滴真诚的生活来凝集，且过问自己的意愿，其实自然会不一般神奇，深一刻提醒努力着的自己。

夕　下

邀伊落日下，轻歌舞碧纱。
余辉染红霞，美眸映红花。
露凝岸边草，顷刻为君倒。
那堪意凉时，悄声与情话。

感悟：流转的身影，时刻等着被点醒，只为一个人仅含的温存，直到确定你的可能。

偶　感

弹指挥间白发苍，昏花两眼泪成行。
频语难诉终生事，千转百回细水长。

感悟：人生不过匆匆一秒，匆匆一视，匆匆一失。

闹　筝

忙中偷来闲，俯首弄玉筝。
清风引乐来，幽梦枕边生。

感悟：谁能负我一身伤？不过冰冷的泪！映衬三更的晚上，绝不落你身旁。你嘴角的上扬始终是我执着的方向，哪怕寒雨予我的都是风凉，你的笑亦是我最后值得坚持的倔强，而我注定是起伏不返的巨浪。

无　眠

浑然觉不成，三更忆美人。
玉颜难入梦，窃香待良辰。

感悟：开心不是生活本身，而是内心的感觉。

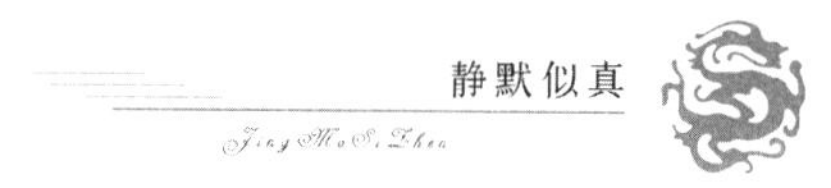

怯步断桥

未提西湖美，多故情人泪。
止步断桥前，只身不成对。

感悟：断桥边等你，西湖的热流里，只是游戏，西湖水，情人泪！

口　琴

一口哀嗓疗我心，风尘看穿皆冷冰。
天南地北往来客，至今寥落空余琴。

感悟：只知其益，不知其损，听不进的中肯，谈什么清醒。

入　尘

劝君入凡尘，寺外有佳人。
红颜留恋处，且看多销魂。

感悟：我的选择，是洞穿一切，再做决绝，掀开魅力的扉页。

深　饮

风流金句玉人口，摄魂勾魄窈窕姿。
更添团圆美满月，直指千杯情难却。

感悟：恰如其分的解释，不过我于你的自私，也是我的意识，所以穷途末路。

情　冰

独步空涉远，至高未定心。
百看均无味，哪堪情似冰？

感悟：最近不过人情，最远不过人心，人情不必当真，为的是确定一颗真心。

轻　狂

满嘴口水太猖狂，恰是恶狗撞南墙。
织根麻绳君慎用，切莫作死挂西梁！

感悟：对有些人，有些事，不关心比关心难，不难过比难过难，于世间的林林总总，浓烈浮于清淡，我寄望在时间，总觉得会重现，而我的心却从未变，也不可能变。

燃　情

旧情久已远，何故复今朝？
俯首弄清眉，孤身难安好。

感悟：人生不过一次一次的权衡，彰显的是本能，透露的是心情。

笑红尘

清酒半杯暂离魂，酬情难谢眷故人。
迎合本非知心句，强颜假欢戏风尘！

感悟：微笑而来，含泪而走，毕竟尝过一段幸福的甜头，无所谓牵不牵手，辗转便是白首，何须挽留，不必开口，了解足够。

闲　步

车水马龙前，独步霓虹间。
俗事皆抛外，悠然自得闲！

感悟：不要以自生的感情侵蚀一个人的善良，否则必然有自我了断的刚柔心肠。

那年归程

云外小村百里弯，轻车捷马绕山转。
举目尽皆气象景，谈笑不觉又一番。
劲龙隐没银蛇舞，浩瀚碧波更添宽。
紧锣密鼓喜事多，佳肴美酒倍增欢。

感悟：何曾低过头，不过是现实的理由，而心墙那么厚，久已不必防守，颠覆总有一个自己的宇宙。

惜　爱

莫辞手中爱，作别君亦识。
近缺一点知，远留无尽思。

感悟：轻薄自己，是内心无以附着而已。我的世界没有这样的你，更没有这样的自己。

励　时

岁月催人老，励志须年少。
勿待白鬓时，悲叹青春好。

感悟：违背初衷之事不做，违背真心之言别说，谅解我冰冷的一个人。

近　贤

处世须近贤，沉着勇向前。
摄取其所识，不可荒流年。

感悟：一点点被侵蚀，一步步被延迟，那是往事。

怪　理

走东闯西无南北，上山涉水尽波折。
藏污纳垢生存道，睁眼闭目须懂得。

感悟：坚不可摧，是曾经的面对，是内心的绝对，是彻底的分明，一切的干脆。

残　卷

谁人与我酒一杯？肝断柔情夜不寐。
半纸残笔影相随，寂寞销声负流水。

感悟：我的沉着只因我来过，只为你的快乐，情动之以默默，细长而绵暖之微火，彻亮闪耀着的你我，且在生命的把握，不在口头的承诺。

过往犹思

今为难事始相逢，尔尽有之我仍无。
且莫借此暂得意，世隔数日未不知。

感悟：事情上无所累，情感上不后退，什么都要落得干脆，真心的泪，无悔的追，还你一身的美，是我生活之最。

昼　夜

黑白分两边，日月不相见。
恰似变幻道，福少祸连绵。

感悟：不是被孤独，不是被放逐，是只为一个人的涉足，是充实自我的无约束。

情　结

自古情难解，任凭人感觉。
莫言会者少，得一已属好。

感悟：对我绝不退让，对你永无勉强，而尽一生所有力量，是遇你后我全然的正常。

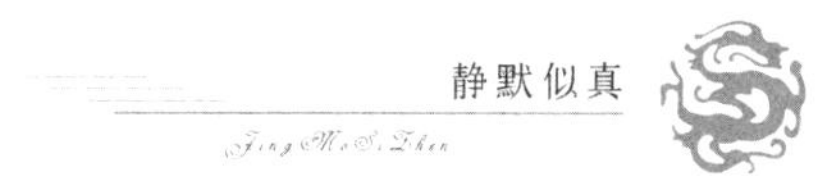

鄙　文

至今休行古时风，偷词窃句开先宗。
不吝众人粗鄙色，起承转合终为空。

感悟：错落的我，倘若控制不住自己的心情，难道就是幸福地恼人？为之你我四面围城！

寒　梅

梅隐皎雪君不识，触寒伤鼻须自知。
耐得严冬花逝去，空怨寂寞掩相思。

感悟：采你眼下一道云，我爱你久已不再风尘。

俗　言

巧言弄诗暗成伤，借月作陪确是荒。
劝君及物真实活，知根熟写返故乡。

避　尘

立身山水间，不染红尘事。
多闻花语香，怡然方为智。

感悟：来过，不必知道我，是心生自然的火，是一往无前的执着。

自　勉

万事别去莫伤情，喜笑颜开正青春。
壮志豪言定今生，顽强拼搏拓前程。

感悟：有的人忙的是身，闲的是心；有的人忙的是心，闲的是身。

半　月

千里锦书来，盈泪喜摊开。
仰面多情月，凌空两半裁。
一半照我彩，一半隐君怀。
临栏相顾时，欣然思常在。

感悟：向来人群熙攘，只是习惯一个人的游荡，今晚水中浮出月亮，它也弯得倔强，宛若这颗心的断肠。

落　花

娇舞风月下，独美一枝花。
欣然落怀中，本心自天涯。

感悟：也许我们曾经都太过自我，为那一点执着，必不可少地犯了不值得的错，但终究而言我们又一定要淡泊。

试　比

花落自有意，风吹不痴迷。
玉手怎轻起？日月试高低。

感悟：谁说黑夜与白天不可以相遇，我却见黎明与黄昏的交替，是那么美丽。

天海孤舟

轻涉天涯身似客，揽尽山色乍风流。
敢问此情何处有？沧海无渡一孤舟。

感悟：浮于现实，立于现实，忠于现实，是一个人固执一生的事。

复　生

水复路转山又重，未料情深话更浓。
休道此生凭无处，见晓得失归从容。

感悟：向来沉默，对你完全是不自觉的我，怕一丝丝的冷落。

暮鼓云巅

潇岚暮鼓中，侧卧醉成风。
轻揽云巅处，最美怯无踪。

感悟：哪怕搁浅在寂寞的荒崖，为你我也会跃然而下，无爱怎么独对这一弯月牙？

沐　雨

玉珠滴媚娇，沐君度良宵。
一笑落何处？醉美在眉梢。

感悟：拿一分自我，守一点坚持，更要以一切洞明之常态，不要刻意，释然得始终。

孤帆浪人

亦非浪子心，何来飘泊行？
玲珑月上好，帆舟渡年轮。

卷二
现代诗歌

天之涯　海之角

你站在天涯
微风拂动着
你零散的秀发
海水泛动
我脚边的细沙
显得几分潇洒

隔着朦胧的轻纱
你的手在空中
轻轻地一划
细雨便温柔地洒
泪水在彼此脸上交叉

一刹那
彩虹萦绕住
海之角　天之涯
勾勒出
一幅浪漫的画

感悟：于我掌中，你点一个圆，画一个圈，便是美丽的羁绊。

浅　搁

无形的锁
断了美丽的相约

或许
彼此于对方
是个过客
或许
静默于对方
是个交错

那么
含情脉脉
只是
故事里
浪漫的传说

于你
咫尺之隔
却已隐没

在一个

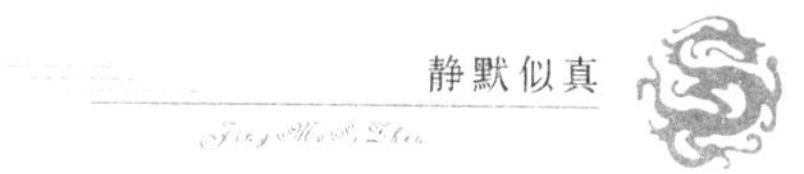

无声的角落
有个人
十指紧合
只为
这缕幽风
能够
缓缓吹过
浮动你的心波

感悟：悠风带来了丝雨，无论身处何时与何地，不比悄悄地坐在那里，淡然而又深情地看着你。因为思念始终在心底，但争朝夕，你是我唯一的动力，天赐最美的神奇。

渡　口

摇曳的
一叶小舟
勾出了
一段故事
美好的结束

莫名的渡口
寒风
已让 面容湿透
牵手
一似
心灵的倾投
遥远了
我 你
不能够

凝于这一瞬
你 静默的守候
钟于
那一刹
你的回眸

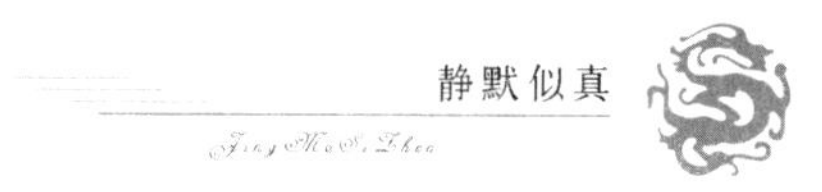

却别
皱着眉头
是我
错过了
这月的温柔

感悟：现实的情深，不止一颗透彻的真心，你明白我又几分？

爱情箭

在你月牙泉里
荡出的一波
默默地
被我疑惑
在你脸上
映出的一笑
将我深深地迷倒

隐隐的
是你诱人的风姿
悠悠的
是你轻快的脚步
脉脉的
是你醉人的表情

漫天的花瓣
飞扬在偶遇的湖畔
悄悄的凉风
拂散
你闪亮的发丝
引出

我无限的遐思

柔情似水
尘封的冰垒
被你层层击碎

晃一晃！
我的弓弦
手中的爱情箭
如何 掠过你的心帘！

感悟：我听过的最美情话，就是刹那间到达，没有步伐，没有问答。

陌　路

这一走过
你我即将陌路

牵及那一次
我的回头
不舍
是你那双眸
置于心中
片刻的温柔

你我依旧
只以后
亦许是
你我的一丝颤抖
失了
彼此交错的手

忘不了
你我指尖打起的小钩
曾经
花前月后的厮守

隔不断
我你落入灵魂的倾投

抑或
爱已不能够
空一声挽留
你我终成陌路

感悟： 道不清，说不明，于人前的深深隐藏，却是实在的存在，是我的孤独，无从理解，如若可以，真的愿意不闻不问，不悲不喜。

木　雕

不要对我哭
不要对我笑
我只是个
冰冷的木雕

你不爱我
无关重要
因为
敷衍你
伤悲的眼眸
迎合你
开怀的嘴角
我都忘掉

倘若你爱我
无关喧嚣
却致使
愁绪爬上眉梢
是我至高的荣耀!

感悟：我爱，这因残缺逐渐发觉的美！我恨，那看不尽完美而自我的痛苦！

孤 城

夜入孤城
许之
两个落魄的灵魂
莫问公平。
因
你欠我的
一个未给的吻！
为
我差你的
一个现实的安稳！

感悟： 安一座城，为一个人，那是我的灵魂。

为你天涯

看你
眉眼如画
我的泪
却悄然落下
且为你的一生潇洒

见我
染尽风华
只为心中的那个她
我愿
只身天涯 永不安家！

夜猫子

任凭人潮拥挤
我暂且寄身在这里
保持着微妙的距离
静默地看你

我眼眸里的忧郁
是动人的话剧
只因幸福着你的维系
漫步收集些珍贵的点滴
为爱伏下无形的证据

其实
你我的世界里
愿我成你
怀中挚爱的小猫咪
内心却要强硬无敌

只为一天
哪怕落月孤寂
你仍嘴角扬起

而我如昔
也是揭晓美丽的秘密！

感悟：关上门，闭紧窗，试着淡忘。你知道我在佯装，不过逞强，却增添了更为浓重的忧伤。狭小的心房怎么容得了思念浩荡的海洋，除非我不正常，爱能怎样？不就是为两个人的飞翔甘愿放下行囊。忍断愁肠，朝着相同的方向，勇敢去闯。

风雨中人

扶风沐雨
风是你
雨亦是你
滋润
一个卑微的自己
情浓几许
对你仍却不知言语

假若
你似蝴蝶
于我手中停憩
花必在我掌心
开出分外的神奇

人生
任凭岁月侵袭与洗礼
何谓在意
只在我褪色的眸子里
映出老去的你
依稀初识时的美丽！

感悟： 见你的一刻起，完全一场思念的雨，下在今生今世里。

弓　弦

眉线下两盏清泉
微浅
是你美丽的双眼
不许诺言
且让我
握月为弓
引星为箭
松开扣紧这爱的弓弦
向着如此的碧海蓝天
断了心里的锁链
穿越这夜的幕帘
舒展一下于你的思恋
且让时间
定格在这个点
有着你我真情的笑脸
因为
别样不尽的蔓延
是彼此幸福的炊烟！

感悟：流转的身影，时刻等着被点醒，只为一个人仅含的温存，直到确定你的眼神。

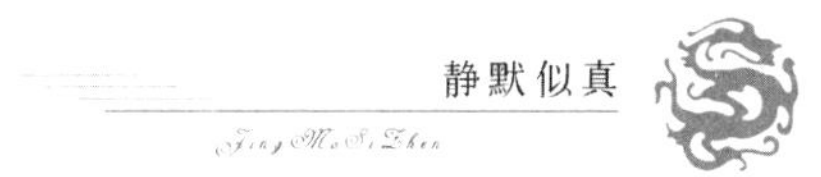

一袭灯光

没你在身旁
我是在流浪！
恰如这一袭灯光
打在脸上
深深地刺痛了我的胸膛！

我怎么退让？
它是那么的荒唐
又无息地滋长
它是如此的彷徨
残忍中还夹点风凉！

你的锋芒
对准
我这样的倔强
诗若几行
自是这一世爱的断肠！

感悟： 若把思念寄一眼，一生只在一瞬间。

归　途

纷扰的幽愁
是短暂的漂流

唯你
是我此身拥有!
放我一世孤独
是我
拾尽铅华的手
和这变换的夜昼!

不如此
爱亦如何止休!
别无所求
予你下半辈子
我今生最美的归途!

感悟：安身天涯，心自强大，唯一可以着落的家。

心　城

心里
安一座城
只许一个人！
哪怕
最终
孤老还一个人！
断不做寂寞的灵魂！

感悟：我不是害羞！更不是娇作，而是为你想到一万种可能，唯恐见证的不是柔情，怕是伤心的闸门，而愿在乎此生永存。

青　灯

睹
这盏青灯
焰燃我活
焰灭我破

前世不为你
的女子
今生许求古佛
作一缕魂魄

淡妆素衣
曼舞柔歌
且不顾
是刹那烛火

感悟：试问，念你有几分？且看，这燃尽的灯，而后只是夜深。

迟　点

来得迟点
是我的真心话
不是不想
我知
你是理解的
所以
暂未出现

你的
一颦一笑
是印在心里
甚至刻进骨子的
尤为
那一皱眉

是的
不见你
山为美不为美
水为美不为美
目空一切
唯独你

不过
此刻
你务必
来得迟些
只因
你是我的终点

你最知我　亦最不知我

你最知我
我隔断心门
却始终看到
你这样一个人

你亦最不知我
迂回在每一个街头
你的步子
印在我的身后
落寞的难受
片刻我都觉得温柔!

知道吗?
有你这样的一个人
我连孤独的理由都没有
你最知我
亦最不知我
且一直保持着缄口

蕴于微笑

如果
那一缕星光
洒向另一个角落
那将是
它今生最大的错过
那瞬间
绽开的花朵
映出的美丽酒窝
仿佛
天仙的飘落
诗化了人间烟火！

倾覆
人间的小风波
红尘终不破
还是
微笑着的你 我
不是一首间断的歌
那是珍惜彼此
为一个人真爱的执着
是故事里永不落幕的传说

怂

我绕过了山
绕过了水
绕过了风
绕过了雨
甚至绕过了身体
最终
我还是蹉跎了自己

遥想七年前的稚气
不是不可以
是怕伤了你
伤了自己
挽不回结局

只能
默默地
真情藏在心里
不说出
更是早已
爱你深过了自己！

最美星辰

未来那样陌生
它没有剧本
你我
如何演得安稳
月也冷清
水亦无声
彼此触动的情深
是涟漪乍起的晨昏

倾泪风尘
唯你是船头
闪烁着的一盏孤灯
明亮了
我颠簸流离的航程

轧碎的年轮
一贯的残忍
见你我就不会沉沦

诚恳　忠贞　坚韧
是爱人不灭的印痕

两颗心的见证
耐得起苦等的
不止浪漫的天真
还有我们这不负的青春！

遇你是我的缘分
有你更是我的永恒
因为
你就是我心中最美的星辰

微　尘

我是一粒微尘
不甘心媚俗里的沉沦
只愿在你的指尖浮沉
是一丝清香
引一缕芳魂！
当俏丽的月轮
蒙上层云
你若再等
亦是世上最美的情分

我永不谈离分
看似步履飘零
但一直都跟随你的心灵
真心我永不封存！
对谁更不会奉承
时间留予世界的
你我只能给背影
和一趟
无悔彼此的虔诚！
爱不仅是对等
更是不容亵渎的神圣！

美好样子

在余下的日子里
感情的事 除你
谁也掺和不了我的故事
不是不得已 是心不容许
活出来本是我该有的样子

你，谁也替代不了
不止因为
你走在别人面前是风度
走在我面前是温度！
更是我在你那该有的样子
是责任，是义务，更是内心

它是朴素的 是平淡的
是不凡的 是固定的
更是彼此一生的
也是爱该有的样子

梦　想

那天
星眼流盼
受了一点羁绊
我没能去看
说你英姿飒爽
魅影无双

其实你于我
不论何等着装
或我
置身如何的荒凉
只要你出现
就可以
抚平任何的伤
岂止这一道独特风光

要知
你的小心慌
我的张望
都会是我
灵魂深处的一扇窗！
你是我
这辈子的向往与梦想！

窃影

烛光偷影
柔姿娇嗔
我瞧得
如此清醒
仗着夜深
其实
她只是愚蠢

不知道
有个人
默然地为你
许下了一世的等
待来世来苏醒

感悟：身边走过一个黑衣女子，我会多看一眼，因为她有和你一样的影子。

郁　结

你不在的时候
我会
探一探风
触一触雨！
门开的时候
只会
问一问
是不是你？

郁结的点滴
不为留意
不畏结局
直至我
消逝在你生命里

感悟：天涯隔海角，我们对望着，不为惊扰，各持心灵的安好，这样伴你到老，默以潇潇，只有你知道。

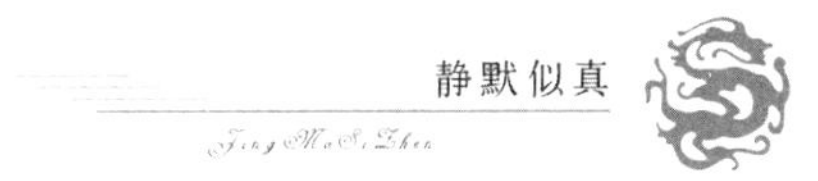

特别礼物

今晚
细雨如织
丝丝打落我的心思
浓情不负 真心如故
偏偏单你
于我如此夺目
一见就
决定终生涉足！
没送你花一束
因怕它干枯
看到你会哭！
每当想你入骨
泪光里
都出现你的影子！
为你
我不甘堕入庸俗
不是麻木
只怕活得糊涂
执掌自身才是特别的礼物！
爱一个人
不止眷顾
更要懂得幸福！

感悟：剥开云层，是你最爱的人，融你一身柔情，复活生命的灵魂。

二哈　傻猫

我没有
什么大的目标
就是
遇到你刚刚巧
见面还能彼此都微笑
而后
便是二哈与傻猫

二哈笃定一生安好
照顾傻猫到终老!
傻猫什么都知道
却假装清高

走路
还带点轻飘
直到这个征兆
当真尝出爱的味道
也像喝了一剂猛药
啥都忘掉
终于说出
二哈被你等到

感悟：我思念最长，从日落起至天明，红日一轮又一轮，强为支撑一身，全凭柔转内心，是你支起的一盏明灯，始终点亮每个深夜，便是此生。

爱的回答

如果有人问我
为什么这么爱你
我会回答
你亮瞎了我的双眼
因为固执是我的本性
忠实是我唯一能做的
憨厚只是别人认为的
因为精神上
只能在你这
不断得到食粮
我有别的选择吗?
除非饿死
而我最期盼的事
恰好是你
一样认真地回答
干净又潇洒

感悟：哪怕现世里一丝一毫地耗去自己，只要有个人诚挚爱着你，一身全然为了你，绝不足惜！是我彻底切实的自己，终有一天，你有识别的眼，就算悲剧上演，而泪落笑前，向来我真心未变。唯独不可更转时间，逾越期限，如若爱在未逢时，那是我们遗憾的事。

动心的你

莫名的
对时间恐惧
莫名的
不知道如何对你
不是还没想起
是未曾
忘记刹那间距离
如何
还我一生平息
步步我近你
只因我爱你
哪止言语
铁了的心！身不由己
管它 明天在哪里
而我顾及得彻底
又多么怕
一不经意的也许
我已无力

可知
失去你

就是错失自己
至我永远的孤寂
仅这样一个
唯一动心的一个你

感悟： 慵懒的我，从未把你忘了，哪怕真难过，也要试着快乐，是遇到你之后的我，俗世勘破，一念执着，美化你我。

许与意义

我爱你
不是一股脑的勇气
我知道
那样是轻别离！
没有等你
没有追你
那是我没有了呼吸！
最浓烈的情落在这里
最纯真的心留在这里！

你在东
我不能在南

不能在西
不能在北
一切事情的专注
其实是怕你的远去！
少去的言语
恐谁也不能代替我说出
谁也千万别对谁尴尬沉迷
那样不过是一场无脑的闹剧！

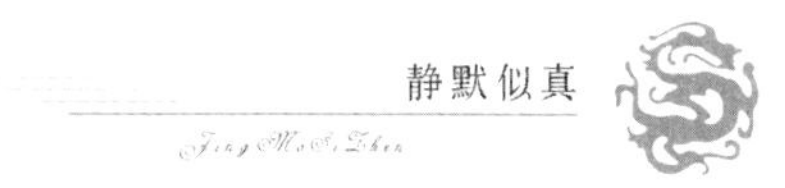

我自强大 谁与匹敌
从来只为一个人的偎依！
因这样的一个你
注定是我全神的维系！
把一生交给你
你记住
是不止交给了你
是真正意义上交给了自己！

感悟：只有不懂得，才会丧失爱的资格，问不了值不值得，自然法则而已。

唯你思路

细雨如织
思念如斯
难道伞下的我
岂不自知
细想
一向瞟你的眉目
却刹那的拘束
是我含羞的眸子
默问
真爱的指数
外表促动的麻木
却暗藏着
我深深的眷顾
啥时侯能够冰释
难以确定缘故
非我偏执
是恪守心中的坚持
要你的独特感触
只为这一个你的涉足
来完成最完美的一段路

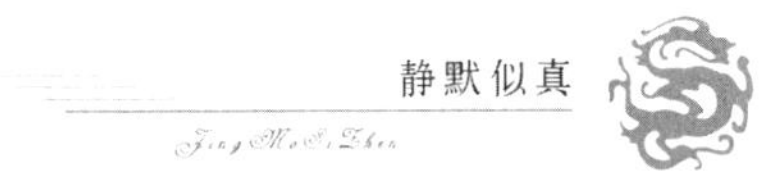

感悟：爱是一个人的事情，我可以不问也许，而爱情是两个人的事情，所以我不能，只为营造未来的可能。给你一场懂得的真情是我必要的实诚，哪怕日已黄昏，我仍一往认真，是内在坦白的一颗心。

小心思

如果能懂你的心
我不愿多说
只做唯一
仅有你懂且让你开心的事

而后是
一个日渐寥落的影子
对着一个微胖
而又曼妙的身姿！
守着落日 待到木枯
我依旧犯痴
只有你可透穿我这样的小心思！

感悟：你的眼神里，一切美得无意，只是有人用生命在呼吸，“嘿！那一天起，就很高兴遇到你！”

爱晓浮生

爱一个人
于我
是身体融入灵魂
是对生命的挚诚
当身体剥离灵魂
从此便不能安生
只能彻夜
朦胧的眼
对着冰冷的青灯
来映衬
这颗炙热的真心
为你长此的
只能是再等
永世不得清醒

感悟：我的自由，岂容半点拼凑，我的绵柔，是你的能够，伸手即可转动宇宙。

七夕的你

明天就是七夕
或许你会手捧鲜花
听着浪漫的话
而我却在这里
不说一句
哪怕歇斯底里
因为我不会在你面前
哪怕落泪一滴！
更不忍你于任何人眼里
饱含置疑！
也不容许！

尽管对你已然
一切情感之上
却只能做好自己
因为遇到了你
我希望
且让时间允许
缝补我
如此残缺的躯体
再匹配那样

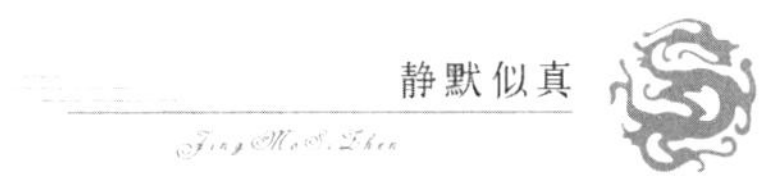

完美的一个你

因为我爱你！
只要你任何行为的默许
我定然娶你
直到生命的窒息！
原谅我
差了个名而已
且此刻没有契机！

感悟：没学会收拾残局，还在等待时间抹去？却为此刻的坚定不移，付予七月的你。

雪飘味道

雪自飘飘
染一弯于你眉梢
斗大的鹅毛
却悄然白了我的衣角
松散
你秀发披肩的小花招
惹你
俏皮地笑
是我特别的嗜好
似糖如蜜的味道
尤为这会心的美妙
醉在顷刻里安静打闹
仿佛我已携你终身到老

感悟：你热闹，我冷清，而存异的缘分，是相投的灵魂。

情 许

人生是一段修行
在行走与不行走里
在懂得与不懂得里
在做与不做里
在领悟与不领悟里
我不知情起
一心却为情许
在自此与你
仅此的最后的一段里！

感悟：借我世俗的眼，看惯人事变迁，生死无言。

道　理

要问我道理
我会
这样告诉你
我们的相遇
它没有道理
我们的相知
它没有道理

如同
揣你的踪迹
见你的欣喜
猜你的笑意
我的言语
我的情绪
我的隐匿
甚至这美的窒息
它都没有道理

感悟：不过我敏感的神经，你何必当真？别下妄动的心思。

执着的敞亮

一个人扛
一个人尝
不畏迷茫
是我执着的方向
若爱
真的是荒凉
直至绝望
定要让你无恙
愿换
我一个人的断肠
原谅我的倔强
纵然我一世悲伤
终不愿改你笑时
遇你的美好模样
更不容你
半点的沧桑！

淡然的芳香
从来是你的酝酿
我信你心海的汪洋
能燃尽我所有的轻狂！

向来的刻意隐藏
是眼睛的假象
其实我一直都活得透亮！

感悟：冷泪成冰，宛若此心。

命中注定

你约好了山
我搞定了水
就这样
不分彼此
来一场分享的最！

抛去
浮华的拌嘴
含不下后悔
唯有动容的绝对
谁也不匡谁的大腿
付一局全凭感觉的醉！

只流
真心的泪
只落
柔情的美
谱曲灵魂的精髓
抖尽各自的芳菲！

孤　星

脚下的足迹
是真的
含忧的眼眸
是深的
我的故事
只要不允许
谁也掺和不了
不是娇嗔
是静观黄昏
不要作
晦暗的孤灯
是我
清醒强大的内心
要独占
不可揉碎的认真
始终照亮砥砺前行的
永不消灭的一颗恒星

感悟：许给无法柔情的柔情，无法安宁的安宁，而为我这样孤独的一个人。

界限人生

看世界
一等人用眼
二等人用心
三等人用眼更用心
残裂的人
走出一颗缝全的心
那么举世都冷冰
残裂的心
走出一个完全的人
那才是认真
完整的人生

感悟：羽翼未丰隐隐似无中，而匆匆便为一阵风，你至西来我再东，别开泪眼朦胧，昂首从容。

爱 情

我的爱情
是一座城
只有一扇门
生来
仅为一个人
那是我的灵魂

感悟： 浪漫在发生，只字如证，我的人生。

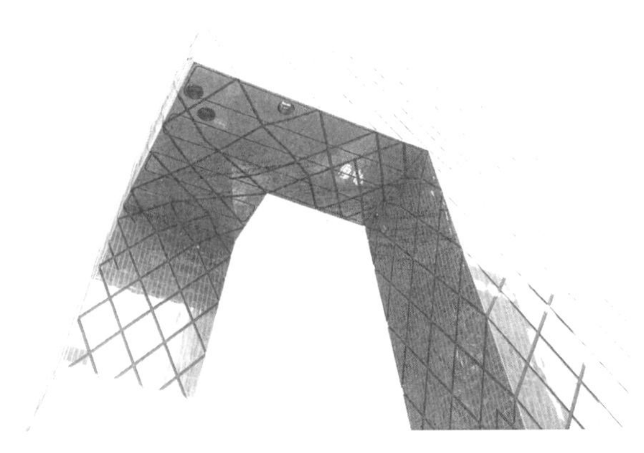

情缘未了

我知道
下一个转角
定要让你微笑
否则我会疯掉
因前世不经意
见你那生气的嘴角
没有预料
为这我闪弯了熊腰
喝了一辈子的药
却不见效
从此终生
都与你化作了飘渺

今生感谢月老
续情缘未了
还能和你再次遇到
但你得先给个征兆
因你的每一次眼笑
于我至关重要
是我不可多得意外的美好
至死我都不会忘掉
于浪漫我要彼此醉上云霄

感悟：看到了你，我就想到了苍老，只是你不知道，我却也不能奉告，特别飘渺，始终令我忘不了。

愿的心甘

真是着急
一生太短
向来的委婉
不是我心中的柔软
是自身不容半点的遗憾
从不会刻意的隐瞒
更不作无关的纠缠
只是因为
慎思还有些紊乱
但这永不意味着牵绊
我知道只有
一个人才能为我逢圆

因从那时起
单是遇你我就太暖
且只能拿
我这一生来偿还
亦不带半点的伤感
连汗水我都没时间风干
从没有过追寻的辛酸
完全是一场我愿的心甘！

感悟：现实是一切的见证，在见证下做着正确的决定。这就是我要的生活，而人必须忠于自己，方可施之别人。爱亦如此，是我眼里的你，努力的另一个自己，只绝口不提。

若你又要离开

若这次相遇
你又要离开
我便站成石头
做永久的等候
风雨冰寒
麻木中
已无喜忧
请握一下
这冰凉的石手
于它
这已足够

有心
再观一下
我凝结的双眸
那里
留存着你离开的背影
不再清晰
却还
深深刻骨

感悟：爱本是一个人的事，倘若还能再相识，依然会将最美告知，这就是善良本该的归宿。

归许情愫

前半生
未来得及携手
后半生
请你一定点头
允许我为爱涉足
你的嘴角
扬起魅力的弧度
是我的美丽追逐
也是我这一生
要做的最大的赌
艰辛抛之影后
你我内心
务必修得深厚
来完成余生相投的一段路
不怕
时间仓促
因为碍不过钦慕的神速
亦慌不了彼此轻快的节奏
更不畏穷途
因为一叶载我的归舟
始终润我

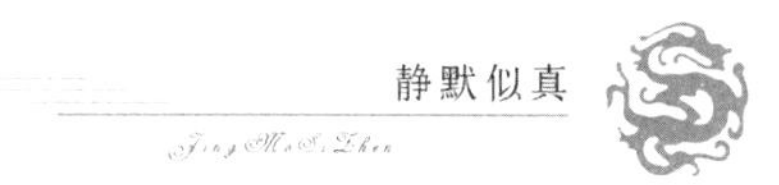

心田的一颗甘露
就是我对
你的至高无上的情愫

感悟：于你的苦我说不出，于你的幸福我好想陷入。

着落

你不需要
知道我
就像
我的来与去
不需要着落
我的美是
你的一瞬烟火
仅给你一丝安乐
在你欢快的时候
我会沉默
在你愁眉的时候我再绽开
于你
孤单的角落
只为
燃尽你的难过
而你
不需要知道我
经不起瓜葛
你难过我便落寞
你开心我便快乐
总之

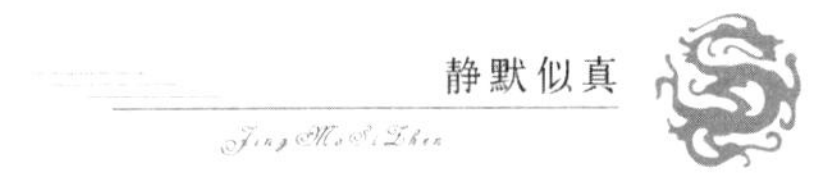

你的幸福
就是我的生活
而你
不需要
知道我
就像
我的来与去
不需要着落

感悟： 其实我就是你的着落，人总是相互依靠，于你我也根本逃不脱，只是从不需要知道我。

梦里的海岛

寻一座岛
有着梦中的城堡
你养着我的狗
我养着你的猫
真是凑巧
说也美妙
因为它们的厮咬
你我就交好
以后便相邀
于每一次的海潮

漫步在沙滩上的小情调
不只赤裸的双脚
还有我这忍不住
双手挽紧了的小蛮腰
不觉吻上了的眉梢
你就是我这一辈子的心跳

遇在这个美丽的小岛
时间没有晚一分
没有早一秒
都是暖暖的味道
它也就慢慢地变老

感悟：你不止在路旁，而始终在心上，我的生命才被点亮。

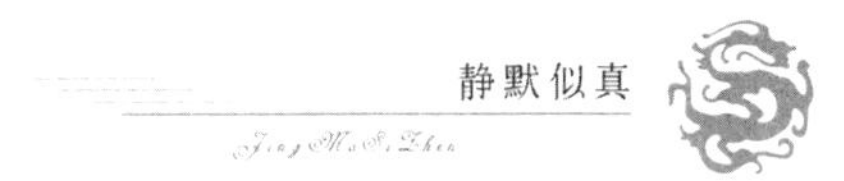

落泪精灵

步子轻盈
我知道
你的心里
有颗纯净的水晶
藏得很深
瞒过了黎明与黄昏！

我也隐在
神秘的森林
深锁所有的情分
不肯透露半丝的温存
甚至眨眼
对着漫天的星辰
由此爱就沉沦

敲定一个人
就是一条不归的行程
唯你觉得寒冷
亦触动了几分
愿做这样的孤灯
打破隐匿的宁静
照彻我这个落泪的精灵

感悟：难于你的口，非于我的嘴，如何的滋味？但愿你能领会，因为遇见，情真情深处彼此都藏有一个落泪的精灵。

天生的人

我生来
就开了一扇门
单为你这样一个人
我甘愿做
独步黑夜的魂
也不会
没入白天寂寞的人
因你是我
执着于夜昼
美丽而又唯一的神！

于你
我更谈不了离分
这于我无异于
把自己揉碎在自己掌心
你就是我的一生
为你这样一个人
我不是天真——
是天生

感悟：爱不过是一场自我证明，而爱情是相投的两个人，付诸生活努力与憧憬的不懈热情，而埋伏的前提是我遇到你，你刚好愿意。

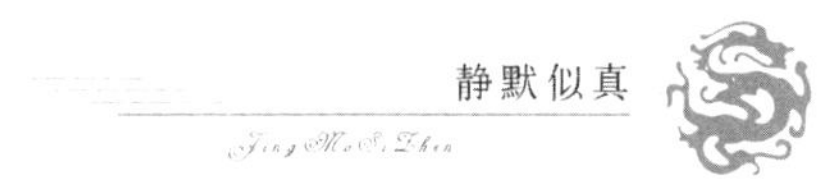

天作之合

曾经有
这样的一个我
满腹经纶 英俊洒脱
在那乡间的美丽阡陌穿梭
和那样的一个你
珍贵显赫 倾城倾国
在传说中的热带沙漠
俏皮的月老
许下了一次迷人的相约
放飞了手上的信鸽
悄悄地在我的肩膀停落
纸上印有神奇的笔墨
仿佛见了你那摄魂的轮廓
成了我致命的诱惑
从此便决心为你赴汤蹈火

皑雪如绵的冬初
辗转至挥汗如雨的夏末
不枉追寻的执着
终听到一声你特别的笑呵
直到动心的眼神交错

最是眷慕的含情脉脉

本可长此对视的消磨
忽视这炎热的干渴
木然地你我不假思索
却你一杯柠檬 我一瓶可乐
是幻变的可爱孟婆
搞了一场这样的小风波
还是丘比特
这个小傻货
第一箭
没有射中苹果
第二箭
没有射中菠萝
第三箭
还没有射中月老放飞的信鸽
耐不住的还是饥饿
竟淘气地让你我的大牙剥落
在隐没的人海中点醒了你我

感悟：我爱你，只是我自己迫于现实及认识的暂时不得已，唯以我的孤独送你到幸福里，为你的心从未与你有过博弈。不过深深地自责，不想给自己选择的余地，这是我的真诚解释不了的无力，找不到什么合适的表情再去面对你。怕伤到以后的自己，失去一半生命的呼吸，是活着的责任在驱使残缺的躯体。

因爱足够

如果没有你
终是孤独
我将一生放逐
所以对你
我最怕辜负
这深浅的脚步
都是真实的领悟！
谅解我
一切的义无反顾
为这赌出的孤注一掷
是要你的幸福！
置身山水的解读
不仅要懂得自然的约束
更要俯瞰造物者的风流

曲折的征途
致灵魂的追求
因遇你才有了节奏
暂时的缄口
唯美的厮守
别问我理由
因爱你一个人就已足够

感悟：我单着的理由是生活与精神两者的不可将就，满足你一切的讲究，哪怕无可挑剔的强求，倾尽所有，直至哀愁，不堪回首，也是我致美的最高成就，与生命做幸福的对头。

美丽的名字

你有
一个美丽的名字
恰如
此刻我的心思！
起伏而又参差
它足以成诗
恍惚我亦许之！
因为
它不只是
我半生的影子
也是我
下半辈子的真实！
所以
我为你的故事而固执
且如醉如痴！

感悟：所谓惊扰，是自身存在的锋利尖角，不觉彼此割痛了心里的安好，本不过狭隘的自我，总该有个人释然一笑，生活的巧妙就在于对照，只是时间还未到，请你明白了解的重要。

你还未知道?

依稀
未受惊扰
说也微妙
发生它没有征兆
你泪染的小睫毛
却是我意外的航标
惦念从此抛锚
卸下了我所有的骄傲
见
总故作来的轻巧
不见
却分秒都是煎熬
可知
那一颦那一笑
已烙成了
我无尽的唠叨

感悟：强大的自尊，输给了内心，我不承认，只是它输给了本能，输给了所有的可能，而你我生来就具有无限可能。

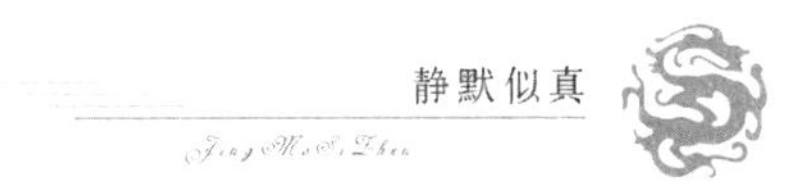

剑墨天涯

铭刻你我
前世的那块石头
不会风化
为你我曾仗剑天涯
独对千军万马无数次厮杀
谁也不能伤我毫发
就这样不知
过了多少个春夏
偶然在一个店家
乍巧再见你一声笑哈
说我爱吃苦瓜
一杯热酒定要为你饮下
我便弃了盔甲
从此决然只认桑麻

今生绝不浮夸
依然思慕你的绝代芳华
不做个人所谓的自由挣扎
不怕彼此很少对答
任由我笔墨挥洒
于如此诚挚的话

怎能再予别个她
你是否懂了
真心无价
你一直就是我爱的最高塔

感悟： 善良的人看善良人的演，是泪久成线，点动心弦，不用语言。

活　着

这个世界
没有公平之说
只有幸不幸运
无所谓
聪不聪明
愚不愚笨
一个人
生来勤奋
其实是认知的本分

每一次
社会唐突的微冷
带给的
总归是一点点清醒
故我选择
现实的认真
活一半自身
修一半内心

感悟：偌大城市里，束缚的是身，不羁的是心。

唯你而已

你知道嘛
在我眼里
唯你遗世而独立
可以成一幅完美的画
如果我迷茫
请你耗尽我所有的目光

假使要与你别离
身体不再属于自己
灵魂不再属于自己
也再无所依
更不会问什么结局

其实
从那一刻起
心就已经死去
别在意我的躯体
麻木的差异
只是存在的道理
即生命的强赋的意义

感悟：我找你是因为要生活更好，不是一场无谓的演笑，是要你认识领悟的重要。

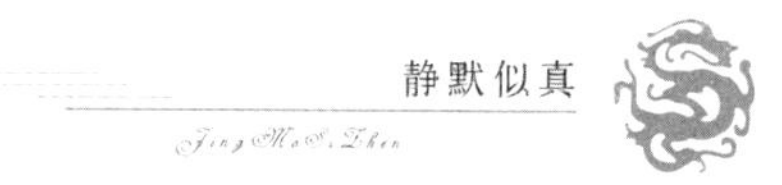

如果倘若

如果你不爱我
我会于人潮中隐没
置身无边的荒漠
只等眼泪干涸
因为有关你的一切
我不能参与
原谅我
心里订制一把永久的锁
从此谁都是路过

倘若你爱我
我亦会心处安静的角落
不做任何承诺
因为那也不是我
深知前路坎坷

有你就不寂寞
苦楚我更不道破
只会当是调味的芥末
因为那才是
彼此了解的真正快乐

现实替我述说
没有如果
没有倘若
我一往沉默
只为最美的人间烟火

感悟： 有时你要相信现实比内心精彩，即使内心被现实坑害，这就是真爱。

皱 眉

只要你
皱下眉头
就是眼泪
浸润着眼眸
月儿都替你消瘦

在我的国度
孤独
已经引渡
静默的守候
与寂寞的温柔
依旧没有白昼！

感悟：一眼的脸红，看的是情浓，我却有难为的从容，倘若你懂，生死白头为你此生。

尘 埃

一粒尘埃
落在我眼里
我噙满泪水
却不忍哭泣
因为是你
长久停驻到我心里

感悟：你的结在我身上，我的结在你身上，过分的是我们现实的伪装，总以倔强自尊的美丽衣裳套在不合适的人上，请别负心一身伤，且容我为你嘴角上扬，做这辈子沟通的桥梁。

羽落凡尘

羽落凡尘
发生在
这座美丽的小城
恰巧的缘分
叩开了
彼此紧锁的心门
如何销魂
尤为你的一线眉波
我的刹那眼神
醉了世人

感悟：笑语风声里，不会敷衍，便不再出演，点不动自己的心弦，因为我们的故事没有开篇。

思念的菠萝

如何落墨
没有你的我
心里安了锁
纵是坎坷
思念的菠萝
为你
悄悄地剥落
许你不会干涸
哪怕一生平凡的过
偷偷看你
生涩地描摹
亦会是我最美的那一抹

感悟：藏匿真情，收敛现实，却有不眠的深夜，婉然而动的内心。

向幸福而居

一个好姑娘
不是跟谁在一起
而是始终跟幸福在一起
也是我对你的期许
我爱你
更要告诉你
我爱你亦是爱我自己

能力的不足
确是我一个人
对自己的辜负
知道活得含糊
才是对爱的亵渎

因为生命
只有一条路
风雨早成定数
我们只能无悔地付出

成长
真的没有坦途

只要有你
心就不孤独
你的幸福
始终是我的归宿

感悟：天地辽阔，深海里的角落是你我的处所！请你时刻为真心改变着，再也不可隐没，不只证明我来过。

告　白

步子太快
是怕生命不再
似作你我
天然的萌呆
尝试着
彼此柔情地对待
入耳的天籁
就是
运气特别安排
初识了
你这个
潇洒又温婉的女孩
相见亦非意外
而你
敛下眉黛
眼里
却藏有
一片宁静蔚蓝的海
是我一生的最爱
为你 我
许下未来

相信着现在
待到早春花开
甘愿
告诉你
一段美丽
我真心的留白

感悟：故事很长，慢慢遗忘，难为在每一个晚上。

爱莫能舍

锁住你
与我在一起
奈何
目中含不了
你的
半点忧愁

你说 没有
可辗转在眉头
我走了
即使爱莫能舍

应承的风景
再美
不是我的
如画
我添上再多的颜色
亦不然

因为
我不是
属于你的艺术家

感悟：因你在戏中，就有闻听不到的风，亦要扮得从容，看得清淡是情浓，这就是内在的稳重。

凝　泪

这一蹙眉
该如何应对
心中是否
皱起爱的堡垒
看似平静若水
安然相偎！
可知我心里的苦涩滋味

些许防卫
些许疲惫
可你骗了谁
难道尽为
凝成眼角的一滴泪

感悟： 释手年华，美在天涯，是你在等我？还是我在等你？其实都在等自己！送你不止一枝花，为的是相互权衡的一个家，绽放美好生活灿烂的花，如果我真的交换时差，你可以吗？

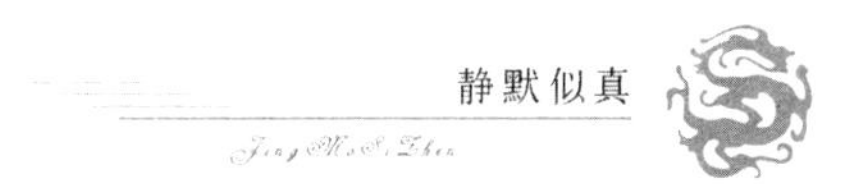

聆雨情绪

临风听雨
一向的含蓄
可此刻
这莫名的小情绪
只因那
不知我的你

我却为你
几近欢喜
未曾逃离
锁着最深最美的秘密！

感悟：如果只是与你一段，便可风轻云淡，假设待续未完，也不会生死纠缠，不过心灵恬静的羁绊。

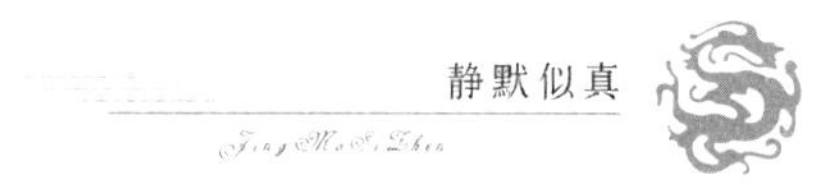

迷迭香

转过游廊
远方有些渺茫
偷偷的你
又在与我彷徨

弥漫着的迷迭香
还你一脸的小倔强
说风带点微凉
格外是你腕上的小铃铛
换我半生的摇晃！不能忘

感悟：愈冷的锋芒，似隐似藏，终不过一场自我割伤。不忍只是仁慈伪装后的坚强，切莫顾及浮华的表象，而挺直的胸膛与微笑的脸上，于你只是释怀的一道光，引领认识成长的方向与应改的模样。

三潭印月

岂在风前
亦非雨后
可曾看见
这缕碧波掂起的轻柔
恰是那一低头
我的回眸

你却
已在浪漫的国度
我在你来过的路上
等着一个人的问候

三潭依旧
待归舟
作心灵的最美摆渡

感悟: 我要告诉你,所谓无所畏惧是踏实到心里的无所顾忌,甚至可以遗忘过去,再度向前所向披靡。

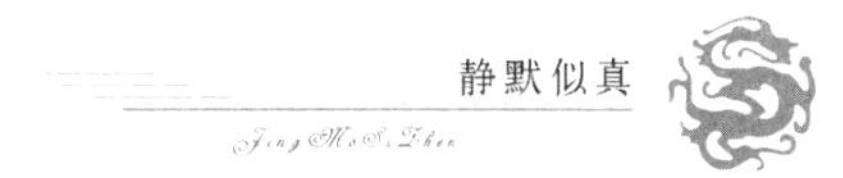

一眼的心痛

要是你我的相遇
可以预测该多好
谅解我
恨那么多的不经意
彼此的投情
本可以返回
可以转弯
可以停步
却偏偏躲不掉真心
你与他的话语
我听得真切
谈得如此浮面
敷衍的颜笑
感受得出来

落于左眼眸
我的余影
暗示着你
洞知了
我的窃喜

我要向前
又遭你迎面
多情的一眼
而我
只故作残忍
决绝地走开
谅解我
“我是真的爱你！”

感悟：而我最深的痛楚，只为长久，似岁月挚爱的河流，不止休。

临近的距离

隐约的灯盏
谁在这深夜许愿
溪畔的藤蔓
是寂寞不眠的心酸

弥漫山涧的流岚
向导着两叶
驿动的航船
心底的纠缠
已经为难
不过是
孤独的羁绊

彼此的斡旋
始终执掌着
这莫名的风帆
浸润的泪斑
分明稀罕
却为何
隔在相近的末端

感悟：瞬间抽离，不留扼腕叹息的余地，是你我本有的勇气，刹那的苍白，隔开时空的无力，只是面对如此一个你。

手　掌

前生
我是幸福的
因为有你
因为那一次
因为寒冷
这点残酷
我不在乎
相反却无比满足
在那一刻
你抛开
即将冷却的身体
噙着泪水
掏光你最后的气力
托起尚含
一丝余温的手
来摸我已冰凉的躯体
攥紧我同你
这只连心的右手

奈何桥边
我观清你的方向

投机地来到
今生你的身旁
幻作你
期盼的模样
外在至内心

我是
幸运的
获得你这
不变的善良

未来得及
我想
右手该如何安放
你的手
亦印到我的掌上

感悟：如若可能？只当是故事在发生，此诺！今生。

如花女子

“无法与你握手
我执杯于你
只能惯有的冷漠表情”
你说
我是懂你的
所以那晚
我醉了
是醉了
在那个最最
熟知的人面前
“我是如花的女子
与你我不一样
你的掌心留有感知的热度
我不能碰你
不能”

况且 在他的钉子面前
在我的前程之下
这样才对
那晚
你偷偷地将我

拖上出租车
悄摸地一吻
可我无力
睁眼
看下你的眸子
甚至
打在我脸上
含着热度的泪

你错了
这样 若得到世界
我是不快乐的
没错
你是花
是唯一开在
我心上的一朵
与你我也不一样
你才是我的世界！

感悟：而你知道一切，爱始终是通行的使者，予你我不一样的视野。

夜太美

我
许玫瑰于你掌中
你
投明月于我波心
夜太美
你携一缕芬芳
靠在我的肩上
我执一分柔情
挽起你的秀发
且让
我和你
雾似轻纱
别梦天涯

感悟：沧桑变化，你是我亘古的画。

缘中有你

于那
飘飘的梦境里
逢了
等待千年的知己
缘中有你
摇落了多少思绪
漫步于多情的岛屿

于这除夕
默默地
似伊人的羽衣
飘落了雪花缕缕
绵绵的
耳畔的淡淡私语
恰是所依!

恍若
你的纤纤玉臂
拂去了尘埃粒粒
最是沉迷

缘中有你
也曾偷偷暗许
虚掩的芳扉为谁开启?
定不辜负那柔柔蜜意

隐隐的
如诗勾勒的锦书
遥遥相寄
只因缘中有你!

感悟：透白的心，每一刻都逼真。

付与风中的爱

划开
无痕的伤害
也曾
有人滑向我的心海

拾起
流年的碎骸
切莫分辨
爱得是否精彩！
朝夕的依赖
亦非
今日隐痛的徘徊
抠开
指间的钻戒
末了 错牵的红带
不去羡慕彼岸花开
只在无声中等待

纵使
它不会再来
抑或

来得要摇摆
我不去猜
如若不能释怀
就当一切不存在！

感悟：换一段经历，续一抹美丽，那就安静地做自己，闻风听雨，无关愁绪，此心铭记。

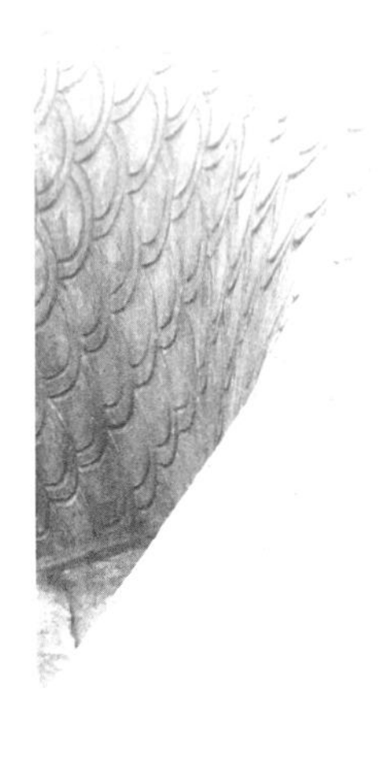

若似过客

难以入笔
打从遇见
乃至此刻
些许年前
不过是个模糊的影子

自认能忘记
可我错了
你是我
刻骨的女子啊
哪怕就一眼

川流人往
多一秒停留
只因那点期盼——逢你
惯于浮华
却未曾
倦了我的脚步

小巷
飘来

久远的味道
于我熟知
恰是每个
探寻的时辰

感悟：永远的结，从不求解，为一生追逐地活着，因一颗真心安然的值得。

依水寒

当我
离开这个地点
我的心已茫然
依傍
在雨山湖畔
你的美丽卷发
被风零乱
幽眉下的
两弯
灵动之泉
平添了一缕期盼
秋水望穿
却是我的梦幻，
添了我一点微寒
有意人的别与散
恰似湖上
月与影的情缘
清浪一泛
影便泪水浸漫
多想
化作一叶小船

轻载
我丝丝的浪漫
航向银河的彼岸
作一往情深的追赶
这依水的微寒
冷却不了
星光的璀璨
冻结不了
我缠绵悱恻的情感
哦
向往那彩虹的灿烂
甩出你
真情的手腕
传递我柔情的诗源
溶解了
我无尽的辛酸
祝福的心弦
从未为你间断
我的太阳
只为
你而旋
只为你而转

感悟：希望在一起不止道理，认知内心，生死便可相许。

夜玫瑰

你是夜的玫瑰
我不知归
不晓
如何应对
顶着这夜的黑
暗自买醉
却滑落了手中的酒杯

你如何珍贵?
于我的地位
带刺
是心中的
易碎的翡翠

我饱含
最后的一滴泪水
看你斗尽
最后的一丝芳菲
落下
脸上的憔悴!
负我

永远的悔
另是一种美！

感悟：只为微微一笑，一切便可耗掉，乍一眼的飘渺，是永不失去的美妙。

并肩的女子

且跟在身后
不声不响
待你的一回头
我要镇定
不要走漏半点风声
打从前面
那一转身
映入我眼中
你的
那种美丽
纯净
已使我内心动荡
那又怎样
是的
我们有缘无分
我只愿
跟在你身后
默默与你走一程
哪怕
这短短的小街
下一个路口

或者并肩
的一步
我内心是温暖的
因为定格
那一刻是不可能
没那么多永远
这是个含泪的故事！

感悟：走出了视线，走不出思念，只是匆匆走过了流年。

流失的爱

于你
是否还有机会?

知你
已不见
我眼角的泪水
懂你
悄然走开的行为
不听
一颗心的易碎
勿分是非

如若
真的干脆
于我
另是一种安慰
盼一次
轮回
两颗心
又一次的相对!

感悟: 我不再安稳，我承认，而你未尝不是愚笨，为着我的沉沦，还是你的没信心，至少我清醒我认真。

港　口

犹豫好久
不知如何开口
风吹着衣袖

似船徘徊在港口
望着满天的星宿
本早已心有所属
为何这种感受
如此持久

时间的溜走
渐渐清楚
你是这唯一的温柔
亦是我最美的守候
此刻
却在另一个港口
彷徨在
莫名的港口
我知道
我不能停留
不能够依旧

感悟：谈情太装，谈心太伤，不如自我珍藏，慰你初识的美好模样。

邂逅

叶落月圆的时候
有一点孤独
每一次的回首
眉毛浅皱
寂寞入喉
总在想你的眼眸
于每一次静默在你的身后
亦没一丝简单的问候
乃至低头
恰是我与你的美丽邂逅

感悟：从未约束的自由是孤独，而对美的涉足是我灵魂的追求。

寒月光

拂不去的过往
抚不平的伤
是这 寒冷的月光

今夜
我却在无月的晚上

感悟：我，最为放纵！你，最为心疼！毅然走得从容，因为你、我心里都懂。

冷月亮

你说
你是月亮

天上的月亮
水中的月亮
我都握不到手上

感悟：如果我的爱在你这落不了脚，原谅我将一生飘渺，就这样步步走近你，走向自己，走向心里，在这个彼此最好的年纪，浪漫地铭下我们最美的记忆。

将军的心思

切莫
疏远
庄重的盔甲
及这
看似冷峻的面容
将军的心思
你是不知
每次凯旋
源于
一个人的支撑啊
这之前
向来
不懂“爱”这东西
只识
这寒冷月光
映在冰凉的剑上

莫不是
那天
于你含泪的脸庞

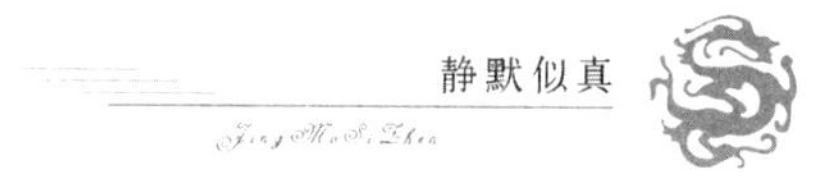

觉出在意的神伤
哪晓这
轻舞霓裳
夜歌愁江！

感悟：不是你的那个我？是我的那个你！这触肩而来的风起？浮动的岂止是这水的涟漪，更是爱的唯一痴迷中美的惊喜。

闲　愁

你说
我的温柔
是一种闲愁

而我
听一听
心里就难受

是不忍
尘世里的孤独
尤为你
那含泪的眼眸

感悟：有人说路有很多条，但一次走过就只有一条；有人说选择很多，但一次选择就只有一个；有人说喜欢的人很多，但真正用心对待的人就只有一个，因爱你而乐于生活的我，深深知道时间从来不能重新来过，原谅我的暂时沉默埋没着内里的热火！全意为你是我今生最大的执着！

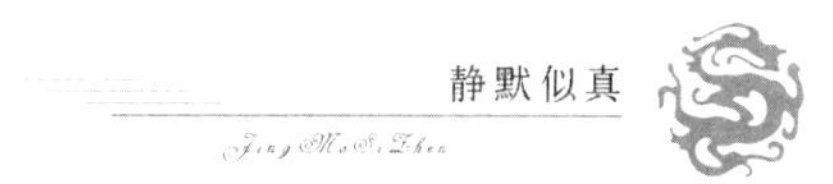

你——我美丽的依赖

于俗世外
你是我甘心的等待
纵使这种美丽难再
一想浅浅的眉黛
和双眼中蔚蓝又宁静的海
漫没了我的脚踝
唯你 安然而自在
就是我终生的依赖

感悟：没有什么不可以重提，也没有什么伤不起，因为心从来没有刻意，不再为什么痴迷，是否也存在这样一个你，爱着爱着爱上生活，走着走着走向自己。

于你的秘密

怎样的
一个我
如何的
一个你

在一起
似乎
又不在一起

就算
你用一秒来忘记
有个人
会拿一辈子来回忆
爱
是一种
奇怪的东西
让人不可言语
它没有道理
却是我与你的秘密

感悟：久不怕寒风，不畏严冬，只为岁月匆匆，一个人即使泪眼朦胧，也要走得从容。

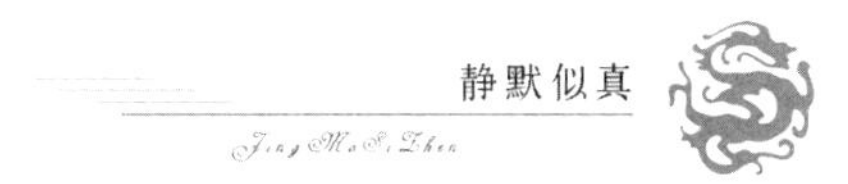

夜　风

君倚西楼
我倚东
乍眼停看
夜冷风
只在一梦中

感悟：一步的清醒，一步的安稳！致以慎独的我们。

蒙　尘

我可以不恨你
但你已是那时
不可抹去的点
至少我不欢喜
我是凭心而活的
也恰好在疏远关系
其实我久已看清结局

从那一刻起
还有未来的你
表演于我
你丝毫没有意义
也别花力气
何必牵强

没有对等的权利
造作者的游戏
我的给予
不是你的贪欲
何况是局外人的干预！
走南闯北

付出是自己
人生的天经地义
蒙眼的尘
有一个人清晰
但他只能做到这里
是你掂上我杀你的笔

感悟：为不了远方，也没法顾及，只要走过的足迹，哪怕无声息，每一步却着地有力。

戏

一直在演场戏
你信也好
不信也好
不信
一个人的
相信
两个人的

因为我
演着演着
就认真了
演着演着
就是心了
就是人生了

感悟：我的世界本无理，只因一场风起，引我不愿出现的烟雨，我以至厌的言语面对你，却从未放过自己。

错 过

有的人
怕相遇
碍于风雨
就别离

有的人
彼此
时刻留意
即使明知
心里有了你
却忽视结局
没有说出
就永远失去

感悟：归不了的身，收不了的心，原谅我浮世的冰冷，而热情只能隐于深沉。

错　觉

我知道彼此都很要强
穿不过世俗的迷霜
不肯说出曾经爱过对方
一路都很彷徨
泪水只能心里淌
多么希望这是幻想
多少悲伤与惆怅
再度遥望
或许这才是最美的时光

感悟：最怕的是时间，最不容忍的是消磨，始终这样的生活却谁也逃不脱，我们能做的只能是不难过，且尽量试着让它转化为快乐。

我的道理

我要告诉你
有关于我这样的道理
我最大的自在源于做过的踏实
我最大的安稳是不需有人懂你
我最大的慰藉是有人知晓你
我最大的欣喜是有人应和你

我最大的快乐是有人真正懂你
我最大的幸福是
有人什么都不需
怎样都不相弃
彻底的为你
而我并不唯一
你就是我自己

感悟：路程的长远用步子去测量，生命的高度用心境去丈量。

美丽的结

我的世界
你那么的特别
情深至白首的契约
不再是个遥远的传说
从未间歇
分秒都难舍浪漫的感觉

盘旋在
每一个念你的夜
尤为这爱的抉择
真心付出一切
我都值得
你是我美丽的结
我用一生去解

一个谜
许
一个谜
哪夜告诉你
我不清晰
也没调皮

更不会轻易
直问我心底

是怎样的一个你
让我这样的不能言语
甘愿耗尽
我所有的力气
恨不能自已
你却在我身体里

感悟：明明离你这么近，于我似乎遥远又浩渺，也就这样的深深地把我迷倒，其实无关距离，想念不是自找，真的没有解药，一心想你始终无关惊扰，一生安好，只是我在劫难逃。

一生执爱

美
绝非意外
注定安排
我为你而存在
你为我而徘徊

只似
纯净的天
向着蔚蓝的海
一念执爱
只等花开
生死不改

感悟：一味寻觅，绝无踪迹，至美皈依。

你说　我说

你说“我们之间是有电流的！”
我说“嗯”
你说“有电流就有电费的。”
我说“电费贵么？”
你说“有一点！”
我说“需要贷款么？”
你说“嗯！”
我说“那我贷款吧！”
你说“先付订金给我吧。”
我说“订金贵么？”
你说“有一点！”
我说“那我先欠你好不？”
你说“欠多久？”
我说“一辈子！
余下所有握你的所有日子！”
你点点头！牵了我的手！

感悟：向来知道喜欢是件简单的事，爱一个人是件不容易的事，之后读懂一个人更是一生的事。

致未来

我不知道
未来怎样
只知道爱你
是唯一确定的事
是矜持
而心
早就跨越了现实

感悟：承认你想得多，但你想得不够，如果想得够，你会活得很好。

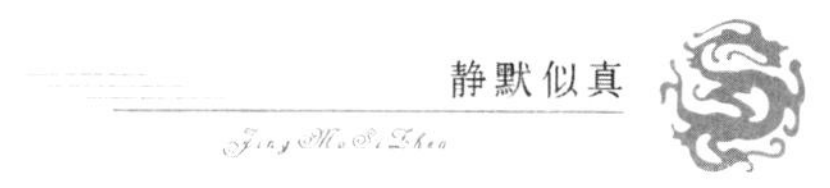

小 哥

听说
你来自远古
在这个世界迷失
直到
见个美丽女子
尤为她那动人的名字
竟顷刻间
燃起了
他毕生的心思
总之
特别的方式
而将深情
淡淡地告诉

感悟：从遇见你那一天起，生命、身体、情感就都不属于自己，只有维护爱惜的权利，互为彼此才可以不遗余力。

泪的珍藏

难以名状
回望
你的表情
似多彩的衣裳
变幻着的伪装
心定无伤
一切又能怎样
选择悄悄地遗忘
爱不过假象
可难为
在每一个晚上
情感的飞想
是我的点滴美丽
神秘地珍藏
开口的心房
熟悉的脸庞
泪已千行

感悟：指沾寒霜，负我一身伤，心若无恙，只在笔尖锋芒。

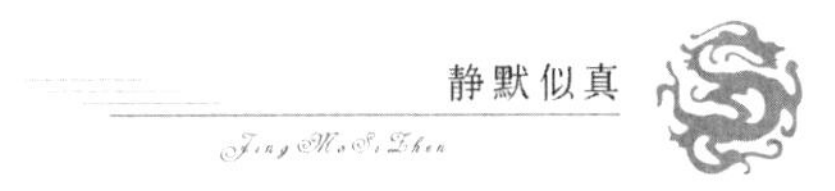

男人的风度

两个人的事
我从不听
别人的解释
至心铭示
于爱
我没有法子
强忍的控制
不过善良
短暂的局促
替自己替你祝福
醉不过
一生的孤独
对自己未尝
不是另一种狠毒
这样的每个夜幕
真的想早点结束
太多却没有吩咐
于责任深深地辜负
活当作经历的丰富
美其名曰
男人的风度

感悟：固步是现实的距离，是我此生的不得已。

情海杰作

情海里漂泊
面对一切的风波
绝不为谁的无心之过失了自我
违背当初许下未来美好的承诺
爱只是一种向往的执着
学会签下生活的所有契约
年轻不过一场斟酌
耐得住的是寂寞
经不起的始终是挥霍
从不刻意去临摹
且将一切看破
再去点醒快乐
这样的你
真正的我
就是杰作

感悟：含羞草的存在只是于现实的一种道理，明白了就没有了。

一生换一秒

生命是
一场自我寻找
而我
只愿在世界一角
睹尽人间的美好
可惜却没有
你插手的喧闹
余我特别想念的味道
换你一次眉开眼笑
真的觉得比什么都可靠
你就是这么的重要
只在初次遇到
就融我一生作一秒

感悟：掀起的扉页，是为一颗心透明着的美丽郁结，不是一个人直面寒风的黑夜。

不可忘

合适的人会等到
不是飘渺
是执着自我地一味寻找
初见的心跳
是我未料到的征兆
一醒就想到你的笑
弹指可破的圈套
紧皱的眉毛
而你别样的风貌
且如是相告
爱不是一场乞讨
是于你于自己
意识生命的重要
化锐为盾的锋矛
为你做到
这样轻巧
真的太过美好
一生不可忘掉

感悟：不为刻意的影子，独对一窗心思，是我的认知。于你不开口，是否真是一种爱的自私。

只有生活

只有生活
我爱
你的一切
甚至离开
我们的
没有道别
没有诉说

碧空中
弯弯的新月
照亮我的黑夜
是你的点头
我的懂得
没有开始
没有拒绝

感悟：向来不会演戏，只会演自己！因每一分每一秒都是我们的人生。

嘿！我要对你说！

我没告诉你
你身上可以
看到我的影子
甚至是我的样子
不止去过的地方
不止看过的动画
不止听过的鬼故事
不止相同的认知
更是你有我性格的缺失
我却也有你个性的弥补
更有你我善良的不自私
为之动容永生不变奋斗一生的领悟
你不是
我一眼就恋上的女孩
在明白之后
不知不觉中
竟成了我一生愿意的承载
或许是爱
但始终是在你眼里的是否允许
其实
我只是想告诉你

却暂时也没有勇气去相处
因为是你
生命里的你
我从未认过的输
你用行动告诉我
我付出的那么多
真的不为结果
只是你我
暂时做朋友更适合
因为都是彼此的生活
且真诚各自来过

感悟：你是我的幸运，我却还未变成自己心中的样子。

不可剜去之痛

如果注定
我有
不可剜去之痛
那就是你
就是我自己
在灵魂深处
一份孤寂

感悟：那一刻起，即使我对你不言语，也会此生只能为你，因为我背叛不了自己。

夜的沉默

读不懂的是你
进不去的是我
所谓
两个人的落魄
终不忍点破
心里灼热的火
亦是那渐冷的河
只因一点干渴
困在逆反的迷惑
复不原真爱的执着
怕是
深深知道的你 我
而夜最沉默

感悟：走在别人面前是风度，走在你的面前是温度，也是我的追求，于你我拒绝不了内心，也不可能拒绝，这点都没有了，人生还有什么？其他能算情感么？活着无论什么方式，至少有血有肉，原谅我棱角分明，因为美好，所以陶醉，如若伤悲，我会告诉你那是自以为是。

自省

闻听风声
是谁拨弄了玉筝
透明了本心
换一场苦等
负了此生
炙手却灰烬了经纶
勾对眉目清冷的深夜
忍面执念的真身
不过沉沦
岂止泪干晦昧的孤灯
而别了的偏叫青春

感悟： 如果有悔，我只怕我的这滴泪，映不出你的美。

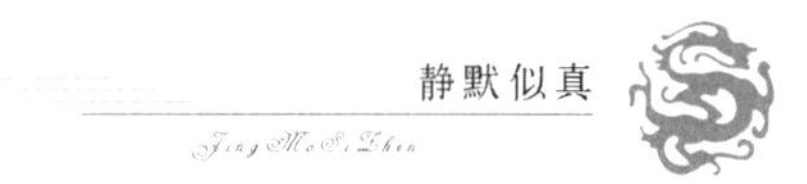

彼身心许

如
誓在离去 后会无期
我以
泪与光定义你
这段年华里
彼身心许 艳美不已
满满都是你
竟可自己都剔除

感悟：人生的世界，懂得取舍，方能活得自得。

爱未再开

我不说开
是还不能
给你切实的未来
不轻许你等待
而因青春
你只有一次珍贵花开
倘若缘在
再作浪漫的徘徊
奉你毕生向往的精彩
一个人的依赖
与之相投的情怀
唯你明白
方不负彼此爱的最美存在

感悟：凡是所谓的事，只能冰你一瞬，冷你一时。

拘 束

一种能言不能言的虚无
一种能给不能给的局促
一种能伴不能伴的痛楚
别问我深知的孤独
那是内心情感的丰富
何来的真爱的苦楚
不过人间百态的品读
彼身难束　此心难恕
不可退让的大度
且许与生活一切的满足

感悟：身限当下，心向天涯，怎么悬崖勒马？我怕我只会说，遇你就心乱如麻，没你又谈何潇洒。

过而往往

你以为
错开一个点的时候
其实已经有人
为你错开了一条线
你以为
错开了一条线的时候
其实早就有人
为你错开了一个面
视而不见
没有敷衍
再无欺骗
只是现实在眼前
何须表达的语言
爱故偏偏
贪又难厌
过往重现

感悟：不涉时世，不入故事，为一番领悟。

情　甘

本是你的泪
却盈满我的眼
原属你的笑
却落在我嘴角
不再焦躁
不再煎熬
决然为一个人的不屈不挠
摆布现实的多变花招
注定我要与你相邀
此劫难逃
换你我一身的美好
是甘心情愿的味道
开始在遇到
结束在生命的末了

感悟：不畏其中滋味，只为活得干脆。

想给的明天

我想要的明天只一场
你 我的柴米油盐
仅凭自身
超越现实的局限
这样的空白
唯独努力来填
拨动我的琴弦
就在
见你决定的那刻
美往往发生
在准确的时间
润泽到你的心田
我的行动注定就在兑现诺言

感悟：纵观全局，美只在一隅，本该珍惜，勿错佳期。

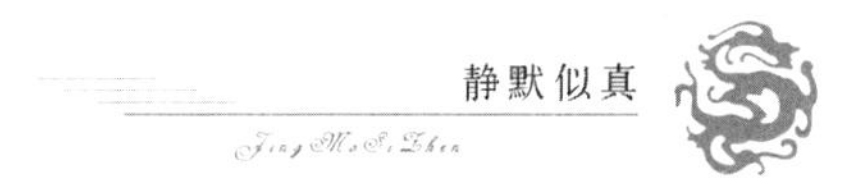

相欠的我们

一个在黎明
一个在黄昏
你让白天透彻美的圣灵
我让黑夜暗布丑的真身
你凭善良
我仗狠心
掌控一切的对等
对穿所有的爱恨
我冷却
你升温
这是反差的我们
你刚烈
我赤诚
只这一点温存
柔转时分
生生世世相欠的我们

感悟：如果这是宁静蔚蓝的海，我的寂寞将不再！微柔的风只在指尖徘徊，也是我特别的爱。

此约无期

此约无期 从未远去
时刻 我的所有 只为懂你
含着 关于你的
我 不曾问你丁点半句
追寻地忍住
怕是触及的泪滴
你的魅力 我探寻的神秘
却全然的可以
捍卫自己 真实守护你
情甘舍下 眉目轻易的委屈
且争朝夕
而你就在我的生命里
一心对你 以身爱你 至死相依
你 我永恒的意义 最美丽!
从未远去 此约无期

感悟：是我不懂浪漫？还是浪漫于我本就平凡？是不想更不会与你走散，你与我的心最近，我只知道！什么于我都不重要，唯一该做的便是珍视自己，珍视你。

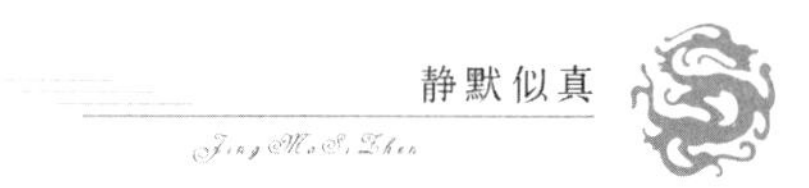

碎语频书

是你
可爱的影子
顷刻里
紊乱了我的心思
任凭所有的理智
努力地克制
奉上此生最美的领悟

两个人的眉目
不过
我虚晃的荒芜
而你余光中的孤独
一个人的守望
久已羞怯了我的眼睛

一脉相融
紧锁的夙愿
也是你 我疏远的故事

幸福的深处

浓为几何
孰轻孰重
各有揣度！
唯无悔地付出
哪怕短暂
来去也必从容
却始终
我的意愿你的追逐
我的甘心
更是我慢不了的脚步！
只今夜月色恍惚
碎语频书

感悟：我爱，这因残缺渐觉得的美！我恨，那看不尽完美而自我的痛苦。

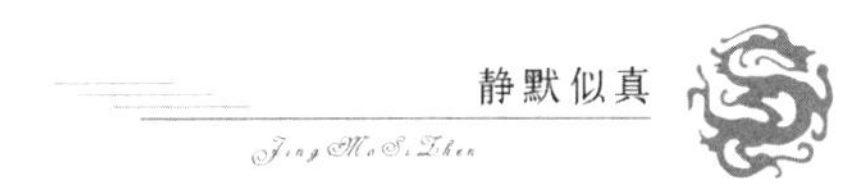

不舍的嗓音

你的嗓音
有点特别
于我
淡淡的不舍
每次的相遇
满含浪漫的情结
可彼此
却从未停歇

感悟：每一片秋叶，于眼前的刮过，都是我的飘泊，因为夜不成歌，我最落寞。

思念成药

它在
在悄悄
落于我的眉梢
是否一切
还会安好
彼此
不会太多的纷扰

可难解
这淡淡的笑
说得固然轻飘
你却成
这唯一的药

感悟: 我只是渺渺尘世中的一个凡人,只想为你独掌一片云火。

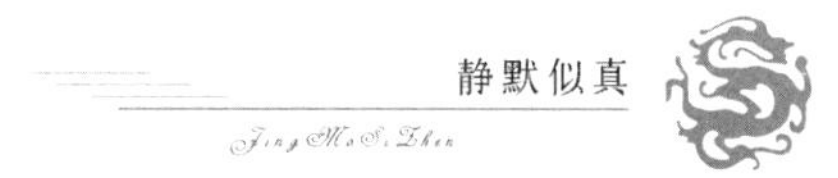

俏丽多面

你吐珠我引线
仿佛一条项链
就串织在我胸前
你的俏丽语言
在我这好似钞票
就这么兑现

你的媚眼
我还假装有点讨厌
开口刚要狡辩
你就把我逼到墙前
窃喜！我的美丽梦魇
你用力把头一点

真想把你揍扁
剖开你的内心
向着蓝天
招来我这只海雁
我要虐你千遍！
我要看你泪雨连绵
你的罪我不能赦免！

魅力越显无限
只因你我
本来就这么多面！
让戏剧
一次一次这么上演！

感悟：为你来过，为你而活，为你而执着，这就是我。

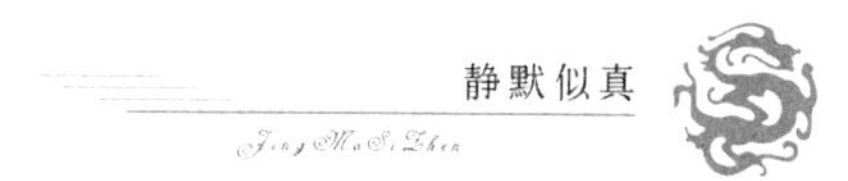

我在边缘

世界与我无关
我在一切的边缘
是非冷暖
试将情感看淡
我要有多勇敢
实在的内涵
而为真的能承担

卷三
只言碎语

◆偶然，你让我想起，却太多的也许，可明白的思念在这里。生怕是难免的故意，摄入心灵的随笔。

◆独步一个人，许一方安静的灵魂。

◆好些事，好些人，我总在边缘。近亦不是，远又不甘。

◆美只源于故事。

◆相去甚远，却换得明了！以为心痛，亦未心痛！只是曾经而已。

◆与你的距离，没有最好的表达，只有满满的在乎，点点的改变，为你的知晓，那天的停靠，并未缥缈。

◆无关于你，却是你，情非自已。

◆定有归处，愿永无漂泊。

◆如果当初只为眼前的苟且，那么苟且之后呢?

◆如果飘泊后还是飘泊，该如何?

◆翻也是你，覆也是你，纸上写的也是你！甚至这张纸，还要小心翼翼地折叠，哪怕无关你情节的一切，痛恨心里又那么的透彻。

◆些许曾经，但此刻只属于你。未让你知道，喜欢你一段时间了，尽管不知道你的一切，也不知道如何阐述给你意思！好多我不过问，不揣度，我只愿以后能美好，自然于两个人的懂得。

◆劝人那么一套，而不是对自己，别人的故事何必那么投入？还往往忘了自己。

◆这么几分傻，别人知道，自己却无耳闻。

◆将就不了自己，将就不了别人，更于别人身上将就不了自己。

◆如何来细数你的美，是这玉梁，至高而低，贴近脸上的一丝雾水。

◆挺美！尤为这样的雾水。

◆你是心灵的窗户，我为美的言语者，如若有些伤情，那就随它流于纸上，不落心里。

◆莫名的疲惫，你却不能理会，无关的是是非非，未曾冷静地面对，偏这颗心躲不过后退，还那么的易碎。

◆深深在意你了，一切于我久已无丝毫记忆，每次的走走出出，心都在流离，似乎在渡一个也许，很想告诉你，我分明是那么怕失去。

◆一个人的夜，用几度去填写？无法忍受的空白，不是黑夜，是无法描摹的扉页。

◆半杯的鸡尾酒也冷落身旁，这样的热闹于我太过风凉。

◆别人的故事里，演绎着自己。

◆天说，我下一阵雨，你为我湿一回身，我默然了。果然来了一次雨，却发现我把柔情许给了水，因为她更贴近我的美。

◆ 文字亦无力，于你我如何顾及，顾你不知。

◆即刻的故事从不属于我。

◆柳树边，淡淡的流水，平静的美。

◆这样的柔波，如此宁静的角落，试着忘了怎样的自我。

◆淡淡哀愁，几时能休。

◆身边走过一个黑衣女子，我会多看一眼，因为她有和你一样的影子。

◆风未泊，箫声默，夜钩一滴火。

◆于您我真的不好说，也是最为触痛的两个人，哪有不明白的意思。不想不该不能让您看到，我知道我是你们现在唯一的心思，怨我最为不争气，不会让您知道，或许您会好过点，我也会好过点，接受自己为自己打下的麻醉针。

◆回来就过了时间，还想出去走，没有缘由，习惯了喜欢却不开口。

◆幸福是这弯弯的小河，盼你于我身边着落，无关喧嚣，你还是你，我还是我，哪怕多半是沉默，只求眼神交互，彼此心里珍藏相知的苦与乐，从此牵手而过。

◆马鞍山、合肥、佛山、上海、苏州、芜湖，一路漂泊，现实与理想之间的距离，三年前有种家即天涯的感觉，多盼天涯即家的日子，直至杭州，梦与苟且的生活。

◆放空自己得一分欣喜。

◆风前花影应有意，秋得百果未成谜。

◆感情的局，如何伏笔？未曾熟悉，就怕别离，那是蠢得可以。

◆飘零的是人，不是心，所以不潇洒。

◆好想于句中刻摹你的影子，却全是这一身的心事与沉思。

◆其实说话不会伤感了，看你带怎样的心情来对待，所以怎样都会是一种美，哪怕浓情似酒，平淡如水，于各人都别有一般领会。

◆我喜欢你，是刮风，是下雨，是我的头不觉地低，那么的无意，却要许与这样一个谜？

◆你的名字好美，你的声音好深远，你的转身好潇洒，余我刻意的一眼，其实我的心里在发傻。

◆习惯了隐藏，习惯了伪装，习惯了遗忘，甚至失去的悲伤，只是难为在每一个清醒的晚上。

◆这夜的水，是我脚步的轮回，拭去一切的疲惫，如何滋味？却为意外的柔美。

◆不泯柔情花未了，悠风携雨两安好。

◆青橙一枚，许与谁？

◆花刚好，你却未芬芳。可盼的一缕香。

◆染净了风霜，看淡了沧桑，置身于凋零的荒凉，心依稀会滚烫。

◆夜有点深，倦怠了眼睛。

◆遇到你是最美好的事了。因为你是我失了的灵魂。

◆ 隐隐三年，冰冻时间，你是我唯一的出现，也是我的终点。

◆漫步中，短暂的轻松，是过脸的一阵风。

◆夜钓的你不为风起。试问清高几许？

◆若无其事的生活，于心里明了的我，多半是在装糊涂。

◆这么红，这么浓，似每一次的选择都浓重？真的心有几分，无论身处何时与何地，不比悄悄地坐在那里，淡然而又深情地看你！因为念始终在心底，但争朝夕，你亦是我唯一的动力，天赐最美的神奇。

◆来到了秋，后面是冬，是红叶，是白雪，是我无尽的牵扯，雨带风就会微斜，雾浓霜寒不会觉得来得凛冽，只因看你修得如何境界？什么冷不防的写诗，只是与过去的阔别，且容我残凋的躯壳，故作停歇赋予美的感谢。

◆如期而至，况时间难容忍，生命禁不起苦等，你于我是飓风，如何度过今生？即刻的告白太过仓促，愿你明了我的意思。

◆藏了你，心里容不下谁，夜里最清楚，可还未告白，难道真的糊涂。

◆我赢，无你亦是天涯，我输，有你也是天下。

◆舍我飘离的不过是未曾坚定的心，可我已不再年轻，却渴望这份奢侈的聆听，不止一个人，不是孤独的灵魂。

◆孤单引渡，唯有你的手，寂寞入喉，陷你一世温柔。

◆一场搅不乱的局，一个理不尽的谜，在我与你的相遇，却在这样一个年纪。

◆岁月轧碎了年轮，也偶见一根白发，还是太安逸？没为啥焦急，却是无以着力，身边的些许突显的发际与泛白的胡须久已逾越了年纪，也拥有了可羡的成绩，而我却停在这里，忘了似乎身轻几许，不能落地。

◆几个可交的朋友都在异乡，不可近的远方，只有淡淡的想！而我也因为一个人，恋上一座城，却又这么的不堪，可情就此生根！未来还是那么的陌生，也是我一心要握紧的认真。

◆美落灯光里，你可曾在意？我的步子也略感静息。

◆原谅俗世尘染的我。

◆如果上天安排一段情缘,和你,也就是我一生的事了。

◆如此行色里，只想忘了自己，却片刻都不可以。

◆置身在这样一个家，于我虽隔不断天涯！却有我眷恋不舍的年华。

◆皎月一轮，却也冷却不了心的浮沉。

◆一望无垠，是归家的小热情，可今晚有点小冷清，难道真的有点小幸运?

◆于你如此情深，却未曾透露半分。

◆于你的每次心情我都不曾表露，能理解么？也只有我这样的人了，说实话我都不理解哈。

◆分外想你，在如此的时间里，不能自已。

◆妍丽如画，执念无涯。

◆一种控制不了的东西，不可言出地想你。

◆只近天涯不近家。

◆美是仓促的过往。

◆人生如戏，全凭口技，人生无悔，全靠你的一张嘴。

◆若果不为左右，我可以把自己忘了。

◆明月一轮，真实是水中的你，至少颜色，至少今夜。

◆于痛于伤只是在多想。

◆于美，我好疏远；对你，我毫无主意。

◆入目一眼，最难成眠。

◆于一个人，我只许一个故事。

◆于你的心是真的，于你的情是深的，你就是我一望而尽的天涯。

◆有你这样一个人，我连孤独的理由都没有。

◆于一瞬的时间，就是再见不知的改变。

◆你！此生不换的痛并幸福的唯一。

◆纷飞的雨，斜直灯光里。

◆秋雨寒面，心亦一丝冰凉。

◆疏于言辞，疏于心思，疏于故事，亦是疏于自己。

◆遇你之后，不想也未曾离开过你的世界。

◆未曾后悔过，似乎又未曾接受过自己，于生活是怎样一个人?

◆只为西湖水映出你的美。

◆于故事外，我只为看客。

◆相见无所谓，却不是心里的滋味。

◆苦涩的幸福你可知?于我一生的心思。

◆安静的城，走过一个人，因一个适合的灵魂。

◆心在手里，谁也握不起，除了你。

◆不觉秋水漫到脚边，谁忍不湿鞋?

◆我想世界上，我最爱你，没有之一，只此一个！谅解我的不言说。

◆从来不是飘零人，也不曾有天涯心。

◆于故事外只为你而存在。

◆一天特想你！似雨，滴滴打在心里。

◆只想醉步如此夜里，与你。

◆此刻没你，亦是孤寂，

◆别伴将就的心里，于我、于你，我只要真正的在意，不是虚拟的外衣，这是我一向的脾气。

◆不再是夜往无锡江南大学的街球，不再是日赶合肥的孔明灯，更不是苏州凌晨雪下的等，没有了冲动，只是平淡随和的淡定，于你，我许之真情，予以安稳！因为我不可能再遇第二个你，你是我始终如一的美丽。

◆倘若余生仍不能倾诉几句，爱依然在心里，且会默默地为你！是否可以勾起你的丝雨?

◆悄然踏碎了年轮。

◆亦未沾酒，自是情的一种孤独。

◆停止不了想你，如同寒风来袭，预示着冬的气息，却分外的让人着迷。

◆郁郁风中的傻子，秋叶的刮落都是你的落寞。

◆走一个人的路,淋一个人的雨,却从来不属于自己,硬生生属于那么一个你！从不为在意，难道是一个人演出?还是一场闹剧？我不问道理，只应是爱的欣喜与结局。

◆手亦一丝冰凉，寒冷了一座座封锁的城墙。

◆于你我不会讲道理,就像我的悄无声息,却深入心里。

◆你是心中的那个她，我落天涯。

◆你有一个美丽的名字，恰如此刻我的心思。

◆无以表达，就是不能言语，但你已植入生命。

◆在相遇的年纪，在我的国度里满城风絮，唯你是我的情起，情许！永生不灭的刻骨铭心的印记。

◆爱情是围城，围绕你 我两个人，各持一半的灵魂。

◆于你我做了最美的假装，只是在入眠的晚上或是突醒的早上，到心止不了的疼，甚至泪水，它是苦涩，更是幸福的。

◆我患上了一种病，不需要治，你出现就好了！

◆“我爱你” 这三个字，也许我对你永远说不出，就像看不见我对你的爱，一直在心里。

◆泪沥干了雨，我依然在想你，只是深情，唯你而已。

◆无知轻狂换如今傻傻模样。

◆久已记不起，不知消失在哪里。

◆只想回首，就是一生对啥事都认真，尤为你的心。

◆于单纯之外渗入感情的人，无关男人与女人，都是祸水，原谅我的偏执，却是我爱你的坚持。

◆似乎一种奢侈，是原则，于心我无解，没得选择。

◆总想砥砺风雨，却有一身坏脾气，辩解还流于口里，难道不畏结局？饰非真的不是个好情绪。

◆幸亏遇到你，让我找到自己！我们要好好地为自己，照顾好身体与情绪也是一种努力。

◆不是轻别离，只是于深情说不出。

◆你已让我恋上！见你每一面都让我惦念，你就是此生的终点。

◆酸是你，甜是你，苦是你，辣是你，笑是你，泪是你，孤独是你，相伴是你，痛苦是你，幸福是你，想过是你，没想过还是你，一生是你，都是你。

◆临冬秋叶，自在相思季节。

◆说什么，是什么，直教人生空涂抹。

◆我只怕你忘了自己，忘了身体！而我只能在这里，心里念着你，行动却没了自己。

◆也许我真的懂得很少，生活如此潦草！

◆残缺只是让我们懂得，什么才是完美世界，需彼此真心去领略。

◆红尘万里，只愿听从你的消息。

◆不为知己，只为知你，尽在悄悄里。

◆如果再走一遍，我还会这样！只是岁月太匆忙，我不畏人情的锋芒，心向来敞亮，坚持着自己的方向，我爱你注定小心翼翼，其实也很坦荡。

◆夜赴江南大学的为一个人的街球不算什么，日往合肥学院为一个人的孔明灯不算什么，苏州莲花广场下凌晨为一个人纷飞的雪不算什么，因为回应不是我的，爱就不是我的，只是我要好好的，保护好身体，学会该有的一切！只为躬身为你系一下松了的鞋带，只为给你递一个你累了躺一下的靠垫，给你一个坚实的臂膀，却要问你一个可不可以，因为真的爱你。

◆如果这是一个美丽的梦，请不要为我随意逢圆。

◆画里世界里，风会把我抚平，雨会把我撇清，我更懂你。

◆不会让你是烟火，就算我执着到没有了自我，或者你潸然已忘了我，亦要你的美，散布在我生命的每一个角落。

◆于恳切的真心从来没有怪理，暂退有时也是一种伏笔，只是我们不懂得包容与长远的意义。

◆倘若不是深情，我不会这个样子，于你甘心如此孤独，不辜负亦是一种幸福吧！

◆见你都想你，还要假装不在意，成熟真是这样出色的演出？还是爱情本身如此的怪脾气，是不是每个人都这样的痴迷？还是就是一个傻傻的自己。

◆在苏州的桃花坞待过，不为秋香！在杭州的西湖断桥走过，不为白娘子，更不为夏雨荷！却在临安这个角落，为一个也只此一个可以说“女汉子”的你么？却是我一生不可凋落的最独特最美的烟火！而此时我又最沉默。

◆爱若有点自私，原谅我无知，可它真是我一个人的小心思，难道不是幸福该有的样子？我也没有其他解释，或许我本有点傻但最诚挚。

◆天是蓝的，几分的亵渎，莫不是对自己的辜负？

◆力求完美，我只能做到无悔。

◆仍是不死的心，其实早不为现实抗争，只为每一分每一秒的准确时针。

◆一场爱的心甘，只与你有关。

◆试问想你有几分？自是黎明至夜深。

◆漫入夜的色泽，微步是一个人的领略。

◆面上镇定，心里慌动，与你在每一刻的相见，我最怕的是错失时间，我眷顾的还是看你的每一眼，尤为你那开心的笑脸，其他都是云烟！

◆干掉熊猫，咱就是国宝！其实我只为内心的安好。

◆细雨如织，一个人的心思，我亦为之。

◆雨中的娇花一朵，她依稀那么的执着，而我只是路过。

◆叶真红！果更浓！如此的美，淡过了丝雨的朦胧。

◆一个人的自己，一个人的你，有多么的想靠近你，就有多么的怕错失你！而我又忠于考虑！我放不了自己，自己就是你，永远在心里，只圆你一个人的结局，就是完善的爱你。

◆于傻猫的笑，二哈啥都不重要！反正傻猫幸福到老，就是二哈的寻找。

◆四年前苏州的小狼狗，今日杭州的二哈，你知道吗，向来最怕的是内心的空虚，昔日言词的犀利怕致使的总是闹剧，非我不坚持，所以挽留质疑从不能制止我的决意，我的选择只为配得上，提得起！对得住最真实的自己。

◆其实可以跟任何人在一起，可以和任何人不在一起，只是我的生命里少不了这样一个你，你就是我一切的欢，一切的喜，因为真心只能给一个如此的你，唯有许你才是完整的自己，即使无息也是在为你拼尽我的所有力气，原谅我这样爱你，少于现实这么多的交集，负我负你自小至大本有的娇气，爱你我真的没有什么不可以，这一生注定为你赌我自己。

◆为什么走这么快？我只能这么回答，弯路这么多，我又这么笨，不走快点，怎么赶上别人呢？

◆没有预期，你却成为了我生命的意义。

◆一丝哀愁？遇你都是美丽的理由。

◆当孤独不再，寂寞不再，是实在于这个年龄。

◆现实的情深，不止一颗透彻的真心，你又明白我几分？

◆水亦成冰，我的这杯柠檬茶却也落得安稳。

◆变换的色泽，美也出现在特别的黑夜。

◆不要怪我，不要问我，有多少不舍，每一刻都是情感的撕扯。

◆未曾浪迹天涯，亦可独攥一份潇洒。

◆现实的追逐，从不孤独，是想要的幸福。

◆未曾冷清，要倾听每一刻的心声。

◆天比水好，没有惊扰。

◆贴近山，贴近水，贴近美。

◆切莫回首，我亦归途。

◆守住心里的故事，沉默假装无视？遇你我怎么坚持？该什么样子？未成熟时的深思，到底是无解的痴！但已确定了你唯一的位置，是这次的相识，爱亦不止。

◆冬天的风不冷，只是还未到那个时分，会为你从夏守到春，你是否会动心？

◆别拿自己的自我以为来固定别人的认为！别拿自己的一己之思来权衡别人的心思。

◆强大的自己，源于一个你！为你我却没了道理，只为你我失了唯一该有的主意。

◆看到如此诚实的文字，如此的直白！也仿佛晃瞎了我的双眼。

◆悄声的步子里，默然地意识着自己。

◆澄清、透明、不染浮尘，愿为一个安静的人。

◆几个空无别物的长亭，只剩我一个人。

◆无问东西？仿佛我做好自己，也是眼高手低！他人何须着急？我又哪来的在意？

◆又一个周末，接着还是一个日起日落，要始终明白着为什么而活，什么是快乐。

◆闻雪将至，一去四年前的旧事，不过是匆匆单个人的心思，不为谁知。

◆漫雪飘摇，莫过于醉在如此的美妙。

◆弥散天涯，是浪漫的雪花。

◆至此你已是我这里全然的意义，单只为你我就愿醉在不眠里。

◆从此只是自己，除了你，无关自己，绝不允许。

◆落于尘嚣之后的我，终将踏破雪的宁静。

◆瞬间的故事，全然的脚步。

◆好多心里话于你刚到嘴边，最后却落作无语，似乎一个天生的傻瓜，始终都想知道你好吗？

◆二哈！印个步子都这么不认真？怕也是有颗慌乱的心。

◆于片刻中的抽离，从不为什么道理，只是真心善待着自己。

◆世界何其之大，有的人一念就天涯。世界又何其之小，有的人却怎么也逃不了。只为知晓，而我始终的情感从未飘渺。

◆真爱融没在这里，只为感受你的每一次呼吸，是我的一颗赤心没有选择的余地。

◆当我又一次拥入这样的人群，已然不会有归去的热情。只愿必要的一切付之行动，为你的可能，而我不能再等。

◆悄然时间里，陌生至熟悉，不过是自我局限的棋，于每一步还那么痴迷，怎可假作无意？

◆步子太匆匆，恍然间就消失了踪影。

◆直至这个时分，最是动人，从此一生。

◆幸福不是两个字，是平凡朴实却用心缝织的日子！从未如风的行事，而我只悄悄地告诉，义无反顾，为你我久已没有归途，因爱知足的一条决然的长路。

◆敛下眉黛，你是我一生的最爱！其实一直只想做个带给你微笑而又唯一的人。

◆就是相见，都是想念，唯恐握不住的时间，全是于你深深的爱恋，铭于心田，永生不变。

◆愿你有一双透彻的眼，将人心看遍。

◆总想在刹那间苍老，这样便是于你一辈子的好。

◆十年前的我恨透时间，如今的我因你而变，为想你

到无眠，不止语言，也是要爱到行动的实践。

◆身许何处？心思唯一，全然为你。

◆我的世界，因你才有了节，什么都值得，凭心去领略，用爱来生活，且只容你占据我的一切。

◆不再问归期，任凭心里思虑。

◆八戒：“长个猪头真好，喝足吃饱，今生安好！”悟空：“是你的猪脑，安生不需要技巧！”唐僧：“悟空！悟空！你处处争锋，不知岁月匆匆！人生不过一场虚空！八戒八戒！只说不戒！你活着真乃境界！”

◆江南烟雨，心知所许。

◆只取一处花好，不为俗世惊扰。

◆一宿无眠，敌不过的终是对你的想念。

◆水碧绿，天蔚蓝，我未变！而你是否依旧？

◆碧绿中的太阳，蔚蓝中的月亮，是真的你，是真的我。

◆终归是这些朴实的日子，柴米油盐。而我给了你什么呢？眷顾的每一眼落于这样想念的夜是注定的事，你于我唯一的生活选择是势在必行的，因为我爱你，要忠于你，忠于自己，忠于人格，更要忠于幸福。

◆除非不在意，是必然要做的事而已。

◆选择没有也许，真心一条路而已。

◆一个年假滞留了我这么多书，快要逾期未还，好不喜欢。

◆一生最爱的人，入眼就是我的灵魂。

◆蔚蓝动心的海，只为你而存在。

◆为什么而在，为什么而来。

◆分不清你，是我分不清自己，是你融入了身体。

◆十年独处一方的元宵，只为各自今生的安好。

◆凭心来生活，随爱去归渡，莫过于天然的自在。

◆完全自身，品读人生。

◆当柳枝抽芽，而爱已沦陷。

◆不求解脱，是深深地困着的自我。

◆切入一丝温暖，我是不是可以入睡了？

◆一捋浮云，而我却隐匿在风尘。

◆舍却山，舍却水，舍却不了美。

◆不是我不能，是你直抵心灵。

◆阿白！你有点傻哦！为何不坦白心里爱的执着？难道真的有点婉约？这份感觉之前从未有过，她明明就是我这一生的风波。

◆就算约束在人生里，也不会束缚在故事里，有这样的一个我，定有如此的一个你，我和你没有也许，只有今生我爱你，是意外存在的美丽。

◆始于一杯水，遇你之后，路过的人都不美。

◆愿你有精明的眼，透彻的心，继续以往生活的认真。

◆而我掩过日月，掩过黎明，掩过黄昏，就是偏偏掩不过爱你的本身。

◆不问爱的把握！只为生的执着！回归真实的自我！

◆对你想说的太多，还是用一生告诉你吧。

◆于你，我对每一事物的触碰，都是温柔，是不是我早已无药可救？

◆我看他燃着的纸烟，抽过的是时间，这样的似水流年。

◆簇拥的花，季节拂开的美丽回答，要我悄悄地告诉你吗？

◆挑眉的一眼，太过熟悉，却不是你。

◆不做漂浮的云，除却你的，我再无可能，致我一生最爱的人。

◆为你转过四季的年轮，勿怪我爱得太过深沉。

◆“小哥”懂你有几多？二哈的沉默！傻瓜的传说，要如何摆渡的一个我，才可一生幸福着你的快乐？

◆美若刚好！便是凑巧！

◆人心看透！就无拘无束！那自然的风度！

◆眼笑眉皱，嘴角勾勒你美丽的弧度。

◆爱没有限度，我用一生陪你一路，那是我与你幸福的孤独，脚步不停留，牵手至白头。

◆其实就我在边上，而伪装也是你一贯的擅长。

◆心若天涯！哪里都可以安家！

◆生活如何对待？用美来安排。

◆我送你春，送你夏，送你秋，送你冬，送你春夏秋冬，送你有，送你无，送你有无中，可轻可重，可淡可浓，是爱的生动。

◆眨眼的小孩，是我们内心最单纯最真诚的爱。

◆爱的天堂，因你而芳香。

◆凭爱而走，因心而为。

◆扼紧的心情，那是爱的真诚。

◆落入你的眼眸，别有一种温柔。

◆见你的一刻起，一场思念的雨，完全下在今生今世里。

◆我的世界，没有必须，没有也许，只有你；全神贯注，融二为一，长此生命里。

◆和煦春风！而你却睡眼惺忪！幸福得略显朦胧！

◆翁郁花香！自在芬芳！

◆擦肩的像你不是你，我就笑笑而已。

◆一生期许，未曾离开过你。

◆难以抗拒，宛若无力，直至窒息，此生唯一，就是你！

◆一生若云，指尖浮沉。

◆浮过的总是光，流过的总是影，就淡淡地留个醒。

◆只是路还未明确，却仓促得真切。

◆唯一为你的深情，而有人为你踏夜到天明。

◆假若无言，又何须言语？是深深地懂着的我和你，是时光中匆匆流逝着的自己，然生命中从未失去。

◆只因美好，不为一切惊扰。

◆而故事外，有人只是静静地坐着。

◆花香与花语，是体味芬芳的我与你，美就不问归期，不因偶尔一季，要的仅是彼此爱的气息。

◆我不谈未来！只说现在！因为它是曾经的未来！所以一切从今！而后再一生！

◆这样的你，始终走得从容，是分明中的情浓。

◆惬意生活，惬意人生，是最真的心面对每一时，每一分。

◆不只因为我的眼，是因为你看见。

◆安一座城，为一个人，那是我的灵魂。

◆北去！任其一生漂浮。

◆拿起！放下！心之天涯。放下！拿起！便是安家。

◆雪风仍冷，情火不灭。

◆目空一切，自然原则；淡定选择，只因我在这。

◆至此如风，有无中。

◆因为花好，浅浅一笑。

◆因只一生，怎肯冷冰？不变真心，更为完人。

◆伸手如风，箭步如虹。

◆以涉略之领悟，归宿原本之初。

◆惹人的花招，是老佛爷俏皮的肥猫。

◆飞速一生，准确时分，不为再等。

◆此生不只给你天涯，更要给你脚下。

◆天地辽阔，永不失落在于对美的把握，每一分的执着都是忠于自我。

◆岁月的额头，因风而皱。盼的每一个念头，因你而就，心无止休。唯有十指紧扣，是我与你的邂逅。此生心灵的归途，落下最美的温柔。

◆凭一眼而已，便潇洒离去，何须问起？情浓几许？同样的我，同样的你，只认心里。

◆别问我理由，是真心的起码要求。

◆赌出彻底完整的自己，奉你一切选择的权利，是我给予，仅此而已。

◆那么多何必，而我给的只能是珍惜，同样的你，是不是可以？真的！就一起。

◆形同陌路是孤独！最深的痛楚！有人却读不出！始终的幸福把不住！还谈什么知足！回一声“似乎”！实在的是空无！

◆不因一点尘杂，就说自己眼瞎，还害怕，真的有人就这样到了花甲，没有所谓的挣扎，完全是一场现实感十足的笑话。

◆摒弃浮尘，十足眼神，最动人。

◆因无可挑剔，不为结局，生活就彻底，请做自己。

◆动亦不可以，心若成絮，散落朝夕，等风，等雨，等你，等自己。

◆独处一角！眉开眼笑！（媚开演笑！）

◆隐没人海中，至此成风，搁浅生死，轻淡生活。

◆我想找你，但暂时不可以，因为我怕抖出自己。

◆我只想还你，一身真实的自己，管不了生活的也许，以心相依。

◆此生所以，凭自己而已。

◆因掌握有度，心方长久。

◆自然而来，坦然而在。

◆为一切而存在，我本随风而来。

◆花问蝴蝶为什么来这里，蝴蝶说因风而栖，只在故事里。

◆换杯绿茶，涩苦尘杂。

◆我就是我，无以改变，字证流年。

◆风雨无渡，心自成舟。

◆因爱生涯，白璧微瑕。

◆即使懂都不能明说，只有无邪，迫于选择，各自职责，更为原则。

◆微风细浪，阔步徜徉。

◆我可以放开你,放过自己,但你不可以对不起自己,因为你就是我自己，生来决定的那一刻起，我只相信自己，只我可以，这就是我永远的逻辑。

◆只怕红了你的眼眶，湿了我的心房，我却不能这样。

◆自固其步，只是没看明白路。

◆不慌不忙，因爱在心房。

◆拒绝意外，修行内在。

◆人总是这么奇怪，因为怕它的苦，却眷上它的涩。

◆活着就是永生的结，必得用一生去解。

◆待我容颜迟暮，谢谢你给的领悟。

◆非我顽固，是我能控制。

◆只愿似你手中的一片红叶，让你看我看的真切。

◆涉远的路，永远在中途。

◆如果给予你的认知，不过我的自私，那么我该如何从事?

◆遇一个人太不容易,哪怕换一次只是相识,我也愿意。

◆待若真情无以入戏，嘿！原来你也在这里。

◆ 如若有梗？待我点醒，容你我等。

◆只许与你近，不可天涯远。

◆剜断旧情，不涉离分，续结真心。

◆方走不出来的圆，你就是球，难道要弹起来！

◆需要什么解释呢？现实不就是一直在说明吗？难道你所谓的清醒，就是你的无心风景？

◆志在其事，必司其职。绝不形单影只，别看表面如此。

◆其实人生我并不急，只是愿作溪流而不息。

◆ 偶尔的发呆，发傻，而不能自控，这样的我可以吗？要不乖乖回家？顺手摸个藤，摘个瓜，这是聪明吗？我只是在静静地看你脑袋上眩晕的火花。

◆ 我怕哪天，你对我说，你去植个发，形象会好一点的啦！我冥想了一下！想到了我爸！是的呀！要不咱俩一起去吧！是不是肯定有人就慌了？确定你的眼神是我的回答？真是聪明人呀！

◆说我有点秃，开始你眼眉有点皱，还没开口，你说是世界要等你去拯救，我就低了头，到底是害了羞。

◆试着找一个人替代你，却已找不到自己，嘿！好想你，不只还未完成的书，还有假装不在意的委屈。

◆恨太多于你不能讲，忍自己的百转柔肠，而我现实最真的伪装因你始终在心上，切莫看我黑夜的面庞，那是我盈泪而眠后的自作坚强。

◆你教会了我快乐，也教会了我难过，教会了我的不知所措，也教会了我的固执自我，因你冷眼含笑以局外人看着，却忘了我久已天涯沦落，风雨亦可成歌。

◆你可放眼远方，亦可顾及肩上，原谅我路中挺直的胸膛，对你一切假作的坚强，哪怕刺穿我爱的心肠，誓不改你微笑的模样。

◆当哭不能哭，笑不能笑，爱不能爱，痛不能痛，你就不知道我有多坚强，敷衍的味道，残忍地说着好，谁明了？

◆酸甜苦咸，百感莫言。

◆对自己无限期？对你逾了期？释手你不放弃自己，倾尽全力，低下头是我此时最大的勇气。

◆只若此行，爱如可能？

◆我怕我浑身带刺，所以远离行事。

◆除却一切的烦恼，美就是如此重要。

◆我只想送你一生的好，如若不能，我不惊扰。

◆思念如丝线，如此悠长，澄澈又透明。

◆你的眼泪落于我的孤独，是我的精神恍惚，从不放逐是你未明白我真的幸福，一生知足只是我绽开美丽的路，以后便是归途。

◆花海，微风曳动人潮的澎湃，是我不明白的存在，因心而徘徊，长久孤独地等待绝非意外。

◆ 何为缠绵？却之眼前，忽而愈现，度而思念，视若不言，深藏心里面。

◆有时我们连难过都来不及，为这一点也得笑着，这不是勇敢与坚强，而是活着该有的样子，我们始终判断不了下一秒，为别人为自己确定此刻的安好，为余生刻下所有的美妙。

◆可以孤独，可以忧伤，但不可以没有念想，这一生的珍藏，是来自心中的力量。

◆及我所思，说我所知。

◆如果是一场赌，请放弃自己现实的所有，思而行之，孤注一掷。

◆问根心底，行思唯一。

◆因何而来，却是三十岁的你，爱由心起，持之到底，行为定义。

◆所谓“安稳人生”，如果只是将就两个人，那么我久已慌了神？误了时辰？在乎是所以的可能，一切因为一扇门，自在认真就不必再问，烟雨浮尘，坦荡灵魂，愉悦彼心，了却此生，从未再等。

◆生之所需，命之所取。

◆当泪水溢满我的眼角，在其中闪耀是你的微笑，我的心跳你触摸不到，涩涩的味道。

◆我渐冷的心情，却反复在升温，浅显的深沉，隐着你多少的可能，坐管不问，飘然而在的安稳。

◆澄清、透明、空灵，微微颤动的眼神，一刹那就那么迷人。

◆ 把世界抛开，因心而自在，为爱就等待，只有不变的关怀，也从未被宠坏。

◆为你疯，为你狂，引一切自然的张扬，一种度明的向往，一种全然的正常，倾凭此生最美模样，你就在我的心上，爱！任人欣赏。

◆谈而不尽的天涯，谁不过都是一场自我挣扎，且让我们做到不伤大雅。

◆ 如果还能再一次，我还会选择此时此地再相遇，且要彼此大笑，直到看到我们未见的两颗大牙，想到人为伤害，想到自然灾害，而我们依然坚强的存在，只有别人觉得意外。

◆走一走，看一看，随一次风吹，等一下云散。

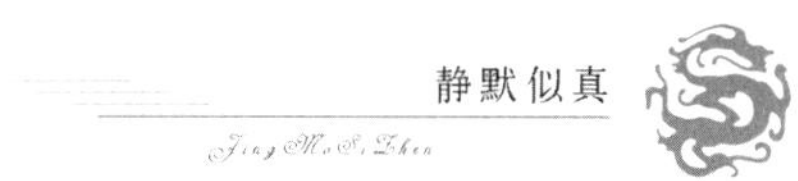

◆悲而不伤，惊而不慌，自在掂量。

◆千里只为一次相识，万里只为一场奔赴，而后便是眉目，觉悟，更是付之所有的专一与倾注。

说明

本书插图均为作者拍摄